김남조 시인 초상화와 친필 사인

안식과 구원의 조명이 드리워진 사랑 노래

앞이 보이는 사랑,
최소한 허무를 제거하고 있으면서 안식을 주는 사랑,
더 가능하다면 구원의 조명이 드리워진 그런 사랑을 노래하고 싶다.
시의 몸은 취약하다.
밤의 시, 아침엔 부서져 있고 아침의 착상,
저녁에 펴 놓으면 구겨진 남루뿐이곤 한다.
시를 떠나지 않는 한 이 비참을 벗어날 수 없다.
하지만 이 아니라면
어디서 전 인간 전 가동의 긴장을 맞이해 볼 것인가.
살아 있음의 그 만감을
아픔과 희열에 섞어 마시는
다른 잔이 어디에 또 있는가.

—《예술가의 삶》〈나의 시적 진실〉 중에서

▲ 1952년 첫시집 《목숨》을 엮던 무렵.

목숨

아직 목숨을 목숨이라고 할 수 있는가
꼭 눈을 뽑힌 것처럼 불쌍한
산과 가축과 신작로와 정든 장독까지

누구 가랑잎 아닌 사람이 없고
누구 살고 싶지 않은 사람이 없는
불붙은 서울에서
금방 오므려 연꽃처럼 죽어 갈 지구를 붙잡고
살면서 배운 가장 욕심 없는
기도를 올렸습니다

반만 년 유구한 세월에
가슴 틀어박고
매아미처럼 목태우다 태우다 끝내 헛되이 숨져 간
이 모두 하늘이 낸 선천의 벌족이더라도

돌멩이처럼 어느 산야에고 굴러
그래도 죽지만 않는
그러한 목숨이 갖고 싶었습니다.

▲ 1948년 서울시내 대학 중 국문과가 있던 대학(당시 9개교)의 합동연구간담회. 앞줄 오른쪽에서 첫번째 전광용, 김남조 시인, 뒷줄 두번째 정한모, 셋째줄 다섯번째 정한숙.

▲ 1955년 2월 중림동 성당에서 김세중 교수와 결혼식.

아가에게 · 2

아가는 아직 이름이 없습니다
갓난 어여쁜 병아리며 강아지에게
이름이 없듯이
아가도 아직 이름이 없습니다

새벽이라 밤이라
으스름 저녁이라
허구많은 글자 속에 찾고 찾았건만
아가를 부를 아가처럼 귀여운
글자가 없었습니다

하늘의 별밭
바닷속 진주더미
아가의 이름을 어디서 얻어 올까

아가는 아직 이름이 없습니다
머나먼 나라에서 처음으로 보내온
파란 새 흰 꽃의 이름을 모르듯이
우리 아가 이름을 모릅니다

▶ 1958년 장남 녕이 영세받던 날.
▼ 1963년 삼남 범을 안고.
▼▼1964년 장녀 정아와 차남 석.

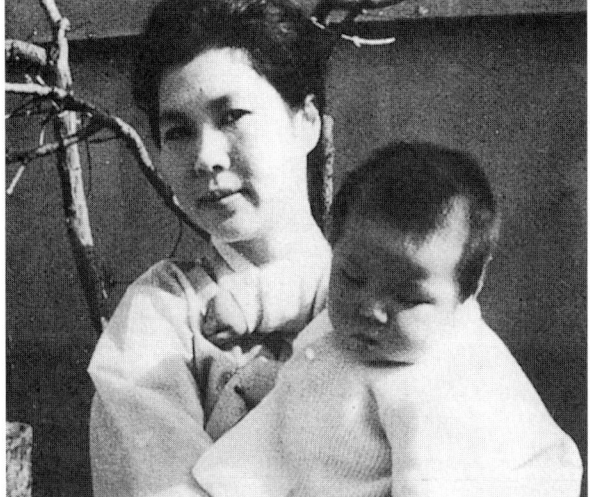

▲ 1951년 마산 성지여고 담임 시절.

▲ 1963년 가족과 함께. 이때는 막내가 태어나기 전이며, 아랫줄 오른쪽이 김남조 시인의 어머니.

▲ 1965년 숙명여대 설악산 수학여행시 어느 낡은 오두막에서.
제자 신달자, 박영순, 서정자 등의 앳된 모습이 신선하다.

▲ 1972년 숙대 교정에서 제자들과 함께.

▲ 1985년 숙명여대 근속 30주년 기념식이 끝나고(이후 8년을 더 교수생활을 하고 1993년 정년 퇴임).

▲ 1990년 강연 후 학생들의 질문에 답을 해주고 있다.

▲ 1970년 속리산 세미나 참석시 산책길에서. 곽종원, 박목월, 이해랑, 임원식, 이녕희, 김동리, 남관 선생과 함께.

▶ 1974년 문단 모임이 파할 무렵
　서정주 선생과 함께.

▶ 1975년 김동리 선생과 함께.

▶ 70년대말 현대건설 방문시
　정주영 회장과 함께.

▲ 1975년 효창동 자택 여성문인들을 초대했을 때. 왕수영, 전숙희, 이영도, 이녕희, 허영자, 손장순, 김선영, 김자림, 손소희, 한무숙, 모윤숙, 박화성, 최정희, 홍윤숙, 김후란, 추은희와 함께.

▶ 1971년 박화성, 한무숙 선생과 함께.

▶ 1994년 강태영, 최선영, 이일향,
박옥금 여사와 함께.

▶고궁에서의 한때. 홍윤숙, 강신재, 모윤숙,
박현숙, 전숙희 여사 등이 한자리에 모였다.

▲ 1964년 청파동 성당 축시 낭송. 김수환 추기경과 이문근 신부의 모습이 보인다.

▲ 1974년 제8시집 《사랑초서》로 한국시인협회상을 받던 날. 시상자 박목월.

▲ 1984년 교황 요한 바오로 2세 내한시 환영모임에서 부부가 함께 참석.

▲ 1984년 한국시인협회 대구 세미나에서 경북지사 초청 만찬의 모습. 이형기, 이중 시인 등이 보인다.

▲ 1988년 아시아 시인대회(대만).

◀ 1991년 서강대 명예 박사 학위를
받고 나서 축하연장에서.
강영훈, 정주영, 노재봉, 서인석,
박홍, 김석원 회장이 보인다.

▶ 1996년 김남조 〈평안을 위
하여〉, 문정희 〈남자를 위하
여〉 출간시 '위하여' 출판기
념회를 열어 준 시인들과 함
께. 원구식, 전원책, 이근배,
김종해, 이유경, 이탄, 성찬
경, 이건청, 정진규, 김성옥,
장석주, 김광림, 문정희, 김
후란 등이 한자리에 모였다.

▲ 2000년 예술원 행사 참여 때. 조병화, 구상, 조경희, 전숙희, 이호철 선생 등이 보인다.

▲ 어느 모임에서. 전숙희, 정한숙, 한무숙, 곽종원 선생과 함께.

◀ 본 시선집에 수록된 육성 CD 녹음시 시를
낭송하고 있는 김남조 시인의 모습.

▲ 2002년 문학사상 소월시 문학상 심사 때. 시인 김명인, 문학평론가 조남현, 신범순과 함께(왼쪽부터).

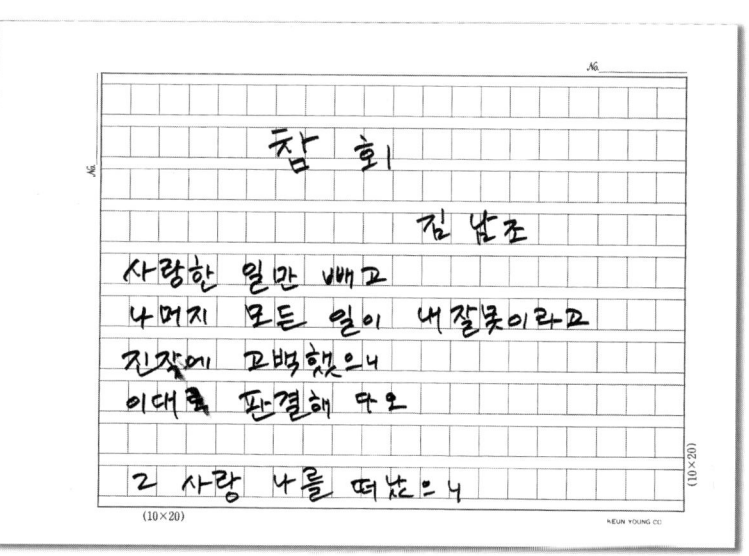

참 회

김 남조

사랑한 일만 빼고
나머지 모든 일이 내 잘못이라고
진장에 고백했으나
이대로 판결해 다오

그 사람 나를 떠났으나

사랑에게도 분명 잘못하였음이라고
준엄히 판결해 다오

겨우내 돌 위에서
울음 울 것
세 번째 이와 같이 판결해 다오
눈물 먹고 잣뿔 이끼
청청히 자라거든
내 피도 젊어져
새 봄에 다시 참회하리라

▲ 육필 원고.

▲ 1953년 첫시집 《목숨》(수문관).

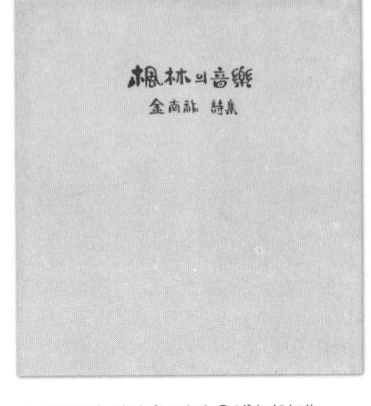

▲ 1963년 시집 《풍림의 음악》(정양사).

▲ 1975년 《김남조 자필시선》(문학사
상사).

▲ 1985년 산문집 《사랑의 말》(학원사).

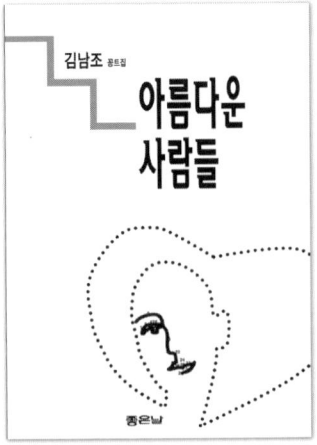

▲ 1997년 콩트집 《아름다운 사람
들》(좋은날).

▲ 1985년 일역 시집 《바람과 나무》(화신사).

▲ 1991년 시집 《희망의 학습》(시와 시학사).

▲ 1996년 독일어 번역시집
《windtaufe》(독일 흘레만 출판사).

▲ 1982년 시집 《빛과 고요》(서문당).

▲ 1984년 시선집 《눈물과 땀과
향유》(열음사).

▲ 2002년 《김남조 시 99선》(선).

▲ 1984년 생전의 김세중 교수와 함께.

문학사상 30주년기념출판

한국대표시인 101인선집

김남조

문학사상사

시문학의 르네상스를 지향하며…
한국대표시인 101인선집 간행의 말씀

인류는 아득히 먼 옛날부터 언어의 탄생과 더불어 가장 아름답고 감동적인 원초적 예술인 시(詩)를 꽃피워 왔습니다. 그리하여 시는 어느 때 어느 곳에서나 인간의 정신과 삶을 순화하고 풍요롭게 하며, 이상(理想)을 지향하는 정신적 영양소로 애송되어 왔습니다.

더욱이 다정다감하고 예술적인 정서와 재능이 풍부한 우리 겨레에게 시는 인간다운 삶을 구가하는 예술혼의 정화로서, 일제의 강점기와 같은 수난기에도 나라를 사랑하는 마음을 시로써 불태우며 겨레의 가슴마다 희망과 용기에 찬 민족혼을 일깨워왔습니다.

또한 8·15 광복 후의 혼란을 겪고 6·25 동란으로 폐허가 된 이 땅에 불사조의 넋처럼 잿더미에서 일어나, 선진국의 대열에 서게 한 기적을 낳게 한 것도, 아름답고 인간적인 삶을 희구하는 시 정신이 다른 어느 민족보다 강렬했기 때문이 아니겠습니까.

그러나 안타깝게도 오늘날의 우리 사회는 가치관의 혼돈과 무질서가 휩쓸고, 부정과 부패가 판을 치는가 하면, 만인이 만인에 대한 극한의 투쟁이 소용돌이치는 삭막한 풍토에서 헤어나지 못하고 있습니다.

그 같은 풍요 속의 비극은 많은 원인이 있겠으나, 무엇보다도 황금만능의 사조에 사로잡혀, 소중한 정신적 유산인 시를 사랑하며 시 정신을 소중히 여기는 전통을 잊어가고 있기 때문이라고 하겠습니다. 그러므로 메말라가는 시 정신을 불러일으켜 겨레마다 시를 사랑하는 시혼(詩魂)을 고취하는 노력은 무엇보다도 소중하고 보람 있는 시대적 사명이며 문학적 과제라고 믿고 싶습니다.

이에 한국문학의 발전을 위한 향도적 사명을 다하기 위해 30년의 열성과 노력을 기울여온 문학사상사는, 2002년 창사 30주년을 맞이하여, 시문학의 르네상스를 지향하는 일이야말로 오늘의 가장 중요하고 시급한 국민적 과제의 하나라고 믿으며, 뜻을 같이하는 편찬위원들의 협조를 얻어, 한국대표시인 101인선집을 간행키로 결정했습니다.

이 시선집은 한국 신시 100년을 집대성하는 한국 출판사상 일찍이 시도되지 못했던 시청각을 통한 입체적인 감상을 돕게 함으로써, 한국 시문학사에 커다란 발자취를 남긴 대표시인 101인의 작품과 그 업적을 자자손손에 전하며 기리고자 합니다. 이 간행의 뜻을 혜량하여 전 시단과 독자 여러분의 적극적인 성원과 지원을 기대해 마지않는 바입니다.

(주)문학사상사 대표 임홍빈
편찬위원(김남조, 김재홍, 오세영, 이승훈, 임영조, 최동호)

차례

시

목숨

평안을 위하여

희망학습

부록 : 육성CD(시낭송 / 김남조)

1. 목숨 2. 빗물 같은 정을 주리라 3. 내가 흐르는 강물에 4. 겨울 바다 5. 편지 6. 아가 · 2 7. 설일(雪日) 8. 한천 9. 여인
10. 나무들 · 1 11. 바람 12. 백기 13. 고별 · 2 14. 상사 15. 밤 편지 16. 겨울 꽃 17. 달밤 18. 그대 세월 19. 아름다운 세
상 20. 겨울과 봄의 노래 21. 평안을 위하여 22. 바람에게 23. 문 24. 어떤 그림 25. 나의 시에게 · 1 26. 하느님의 동화
27. 광야 28. 깃발 29. 작은 기도 30. 성서 31. 참회 32. 장엄한 숲 33. 좋은 것 34. 막달라 마리아 · 4 35. 허망에 관하여
36. 고독문답 37. 겨울 한강에서 38. 옛 연인들 39. 이십세기

일러두기

1. 맞춤법과 띄어쓰기는 발표 당시의 것을 따르지 않고 모두 현행 맞춤법 규정에 따라 고쳤다. 그러나
　사투리나 대화의 인용일 경우 그대로 살리되, 주를 달아 독자의 이해에 편리하도록 했다.
2. 젊은 독자의 편의를 위해 한자를 한글로 고쳤다. 다만 뜻이 분명해야 하는 경우 한자를 괄호 속에
　넣어 표기했다.
3. 이 시선집에는 시인의 육성CD가 담겨 있다. 생생함을 더하고자 시인의 자택 또는 작업실에서 녹음
　하였으므로 다른 소리가 함께 녹음되었을 수도 있다.
4. 육성CD는 이미 작고하신 분에 한해 지인 및 선 · 후배 시인이 낭송하였다.

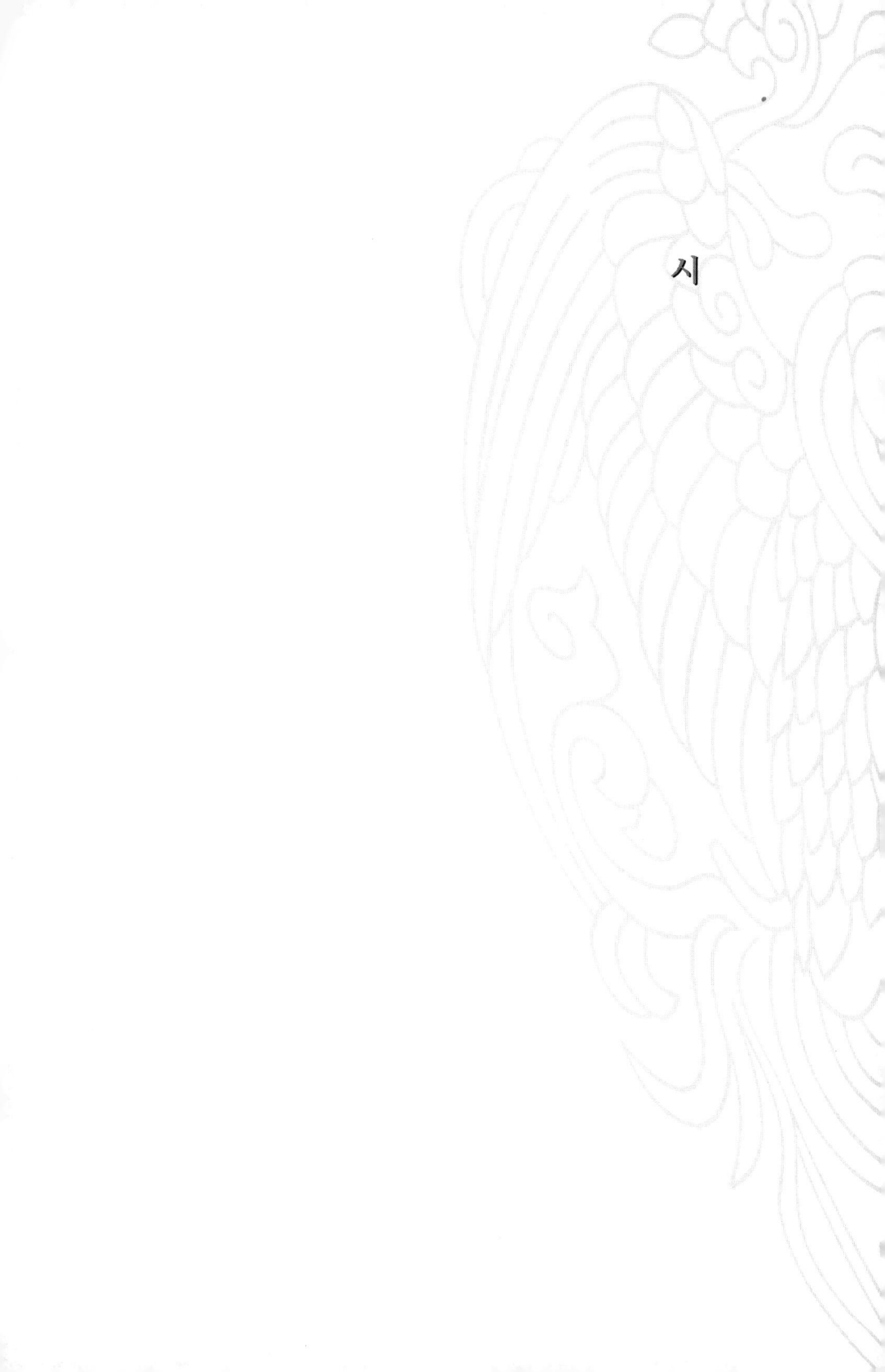

시

목숨

아직 목숨을 목숨이라고 할 수 있는가
꼭 눈을 뽑힌 것처럼 불쌍한
산과 가축과 신작로와 정든 장독까지

누구 가랑잎 아닌 사람이 없고
누구 살고 싶지 않은 사람이 없는
불붙은 서울에서
금방 오무려 연꽃처럼 죽어 갈 지구를 붙잡고
살면서 배운 가장 욕심 없는
기도를 올렸습니다

반만 년 유구한 세월에
가슴 틀어박고
매아미처럼 복태우다 태우다 끝내 헛되이 숨져 간
이 모두 하늘이 낸 선천의 벌족이더라도

돌멩이처럼 어느 산야에고 굴러
그래도 죽지만 않는
그러한 목숨이 갖고 싶었습니다

남은 말

불 지핀 엽맥에서 못다 탄
흰 수액의 한 방울

남은 말이 있다
독 묻은 버섯처럼 곱고 슬프게 눈떠 있는
네게 못다 준 목숨의 말 한 마디

기적도 있고서야
내 하느님 설마 너를 살게 하시리라면서
석양처럼 번져나는 설움
깜빡 눈이 머는 것 같아짐은
아무래도 어디 기막히는 아픔 끝에
네가 숨겨 가는가 보아

지구라는 것
인간이 바라는 모든 지혜가 미워
축축한 산마루에
너 한 칸 이끼 낀 동굴이라면
내야 얼마나 한 마리의 어린 곰으로 살고 싶을까

머리 수그려도 수그려도
못다 준 한 마디 말의 아픔

어둠

운명이야 믿지 않는다고
말했습니다만
어두운 길바닥 못생긴 질그릇처럼 퍼질고 앉아
눈도 귀도 없이 울어 보았습니다

어찌 울적한 산화뿐이겠습니까
인간도 이따금 하늘 골수까지 헤집고 물어뜯는
담대한 분노인 것을

학력이나 강령, 노숙한 태양 같은 것이
그 무슨 소용이겠습니까
원시의 동맥이 내어 비치는
착하고 실한 하나의 지아비를
우주처럼 섬기며 살고 싶었습니다

목숨도 바람도 기다림까지
자라모가지처럼 움츠러드는
검은 상복 같은 밤에
미운 질그릇처럼 퍼질고 앉아
눈물 적시며 쪼개고 허무는 검은 흙덩어리 속에
오오 아직도 이처럼 번성한 지열의
굽히지 않는 인욕의 윤리가 있었습니다

다시는 이별도 없고

마지막인 너
네가 떠나려는 길머리
두 손을 드리운 채
나는 할 말이 없다

가슴을 동여맨 낡은 옷가지
무명 한 겹의 감촉마저
우모처럼 날아가면
빨갛게 벗은 내 알몸이 하나

어처구니없는 이 허약은
누구의 손을 거쳐
내게 물려진 겐고

마지막인 너를
너까지 간다는 길머리에 섰는데
검은 머리 제멋대로 흩날리는
바람은 불고
그 무엇도 무심찮게
눈여겨보이다니

눈도 제대로 귀도 제대로
손 마디마디 관절도 제대로
정녕 시퍼렇게 살은 채
나만 남는다

다시는 이별도 없고
다시는 이별할 슬픔도 없고

돌사람

눈 오는 광야의 쓸쓸함이라더니
앙상히 얼어붙은 벌판에 너 섰음을

사람아
네 이름 정히 돌이언마는
네 이름 서러운 비문이언마는
꽃 한 송이 피워 주소서
불같이 붉은 생명같이 붉은…….

그 전날 그리움에 몸 바쳐 죽었던들
오늘의 이 비통은 몰랐을 것을
검은 머릿단 잘라라도 드리리
낡은 무명치마 헐어진 고무신도 버리려는
황량한 이 마음 살펴 주소서

너는 돌사람
얼음 서린 찬 산허리에서
더운 가슴 헤쳐 품고 품으면
눈물 글썽이누나
그래도 돌사람
어쩌자고 넝쿨 더욱 자라는
그 전날 사랑이라 부르던 마음

지금도 사랑이라 부르는 마음

아아 네 옆에 나도
돌로 있으리
휘영청 달밤엔 너와 나
서리 같은 상복을 입고 섰자마

낙엽은 쌓여라

돌 위에 돌을 뉘이자
돌 위에 돌처럼 굳어진 나를 뉘이자

낙엽은 쌓여라 낙엽은 쌓여라
죽은 나비야
그 위론 흰 눈이 깔리고
흰 눈 위에 연한 혈액처럼
붉은 노을은 흘러라
꽃잎을 문 작은 시내처럼 흘러라

인생은 하나의 희사
사금과 같은 미소가 나를 건드린다
오오 노래여
사랑은 보다 더 숭엄한 희사

돌 위에 돌을 뉘이자
돌 위에 돌처럼 굳어진 나를 뉘이자

이대로 시간이 못을 박아 주면
이 마음 영 이처럼 있겠지
인생은 하나의 참회
낙엽은 쌓여라 낙엽은 쌓여라
녹슨 동화(銅貨)처럼

회춘

회춘의 거리에 나섰건만
영 날지 못하는
나비의 마음이 있을 뿐이다

거리 모퉁이
이만치 외떨어진 자리에
멍석을 깔고 무한정
기다리고나 있으면

소리나지 않는 피리의
새하얀 모시 같은 갈원이
지고한 이에 이르는
승천의 기도가 되는지 몰라
지고하고 시종이 없는 이의
요원한 슬픔 앞에
생각이 깊은 돌이 되는지 몰라

회춘의 거리에 나섰건만
날지 못하는 나비의 마음
소리나지 않는 피리의 마음을
나 스스로도
도저히 알 수 없어라

설화(雪花)

여긴 외로운 인습의 사막인데
그나마 별빛을 피해 나무그늘에 울던
애상의 마을인데
불 켜지듯 환히 눈도 부셔라
흰 눈이여

신의 지문이 찍혔을까
도무지 무구한 백자의 살결에
수정의 차가움만이
겹겹이 적시며 있느니

이러한 날
솔바람 이우는 산곡(山谷),
얼어붙은 옹달샘을 찾아가면 거기
잃어버린 이의 얼굴이 비쳐나 있을까
서성이며 머뭇거리는
고독한 영혼……

부디 한바다의 밑물을 닮아
무거운 수심으로 다져져라 빌기에
목숨을 제물 삼았었거니
가라앉은 비탄을 새삼
흔들지 말아얄 걸

아아 눈뿌리 타는 더운 눈물을 뿌리면
설화는 거두어
하늘에 다시 피리라

얼굴

죽은 얼굴이 아닌
분명 잠자는 얼굴인데
흰 상보(喪褓)를 씌워 둔다
그의 얼굴이 아닌
너의 얼굴도 아닌
내 얼굴인데

패전을 고하는 백기,
유서의 여백이나
조화(弔花)의 흰 빛 같은
그처럼 철이 든 순백에서 골라
흰 상보를
씌워 두자는 게다

사랑은 인생의 별,
고독한 영혼의 창문에서
보는 거란다

사랑은 인생의 울음,
고독한 영혼의 창변에서
우는 거란다

잠자는 얼굴이 아닌
깨어서 눈이 검은 얼굴인데
검은 눈은 검은 동굴
슬픔으로 익은 검정 열매가
훌훌 떨어져 쌓이는
깊은 동굴인데

아가에게

1
아가의 머리맡에 햇빛이 앉아 놉니다
햇빛은 아가의 손님입니다

아가가 세상에 온 후론
비단결 같은 매일이었습니다
아직 눈도 아니 뵈는 쬐그만
우리 아가

아가는 진종일 고이 잡니다
잠은 아가의 요람
아가는 잠에 안겨 자라납니다

아가는 평화의 동산
지즐대는 기쁨의 시내입니다
아가는 엄마의 등불입니다
아가 함께 있으면
훤히 밝아오는 마음이 있습니다

2
아가는 아직 이름이 없습니다
갓난 어여쁜 병아리며 강아지에게

이름이 없듯이
아가도 아직 이름이 없습니다

새벽이라 밤이라
으스름 저녁이라
허구많은 글자 속에 찾고 찾았건만
아가를 부를 아가처럼 귀여운
글자가 없었습니다

하늘의 별밭
바다 속 진주더미
아가의 이름을 어디서 얻어 올까

아가는 아직 이름이 없습니다
머나먼 나라에서 처음으로 보내온
파란 새 흰 꽃의 이름을 모르듯이
우리 아가 이름을 모릅니다

정념의 기(旗)

내 마음은 한 폭의 기
보는 이 없는 시공에
없는 것 모양 걸려 왔더니라

스스로의 혼란과 열기를
견디지 못해
눈 오는 네거리에 나서면
눈길 위에 연기처럼 덮여 오는
편안한 그늘이여

마음의 기는 이제금
눈의 음악이나 듣고 있는가

나에게 원이 있다면
뉘우침 없는 일몰이
고요히 꽃잎인 양 쌓여 가는
그 일이란다

황제의 항서(降書)와도 같은
무거운 비애가
맑게 가라앉은 하얀 모래펄 같은
마음씨의 벗은 없을까

내 마음은 한 폭의 기
보는 이 없는 시공에서
때로 울고 때로 기도 드린다

빗물 같은 정을 주리라

너로 말하건 또한
나로 말하더라도
빈손 빈 가슴으로 왔다 가는 사람이지

기린 모양의 긴 모가지에
멋있게 빛을 걸고 서 있는 친구
가로등의 불빛으로
눈이 어리었을까

엇갈리어 지나가다
얼굴 반쯤 그만 봐 버린 사람아
요샌 참 너무 많이
네 생각이 난다

사락사락 싸락눈이
한 줌 뿌리면
솜털 같은 실비가
비단결 물보라로 적시는 첫봄인데
너도 빗물 같은 정을
양손으로 받아 주렴

비는 뿌린 후에
거두지 않음이니
나도 스스로운 사랑으로 주고
달라진 않으리라
아무것도

무상(無償)으로 주는
정의 자국마다엔 무슨 꽃이 피는가
이름 없는 벗이여

포도주

어둠에 묵혀
검정 피멍울은 삭힐지니라
타오르는 불빛의
포도주로 빚을지니라

지나온 이적지의 인생은
미완의 시의 초서일 뿐
어둠에 묵혀도 빛에 묵혀도
다함 없는 번뇌더라

가시넝쿨을 더듬어
장미를 찾는
풍류의 하느님
사람의 상처 그 값어치를
하늘에서 셈하시는
낭만의 하느님

오래 갈앉은 어둠에
오뇌로운 혈액은 묵힐지니라
사랑에 따른 것과

비탄에 따른 것은
모두 어둠에 묵힐지니라

석별의 날 그 일몰의
선홍을 닮은 색조
타오르는 불빛의
포도주로 빚을지니라

나목의 시

잊어버리리
간절히 두 손으로 받아 보던
흰 눈도 잊었네

정은 제멋대로 박하고
사람은 제멋대로 아쉽고
인생은 아무 때나
찝찔하고 골똘한 미각

잊어버리리
불행한 이가 남기고 간
말과 미소도 잊으리
잎새를 떨어뜨리며
서 있는 나무
저 허허로운 낭만의 둘레

성스러운 달과
성스러운 해가
조용히 잔을 기울여 부어 주는
이것은 무엇일까

세월은 제멋대로 가고
사람은 제멋대로 그립고
인생은 자주
물기 없는 선홍의 단풍

모두 잊으리
간절하던 흰 눈도 잊었네

낙엽

비껴난 햇살의 귤빛 창변에서 눈 시리던 그날의 당신을 기억합니다
어느 세월 그 누구와도 화해치 않던 당신의 오만한 고독도 기억합니다

눈동자를 가르고 내솟는 뜨거운 눈물, 구석진 참회마저 무섭지 않던 다만 동녀 같은 통곡으로 우리들 구원받고팠음을 기억합니다

금방 돌이라도 부수고 싶던 주먹 곱게 펴고서 다시금 어린양처럼 유순해지던 슬픈 기다림도 기억합니다

바람이 일어 짐짓 서릿발 같은 바람이 일어 우수수 못다 안을 낙엽이 지면
깊은 골짜기 비석처럼 적막한 노송 송피 발겨지고 다시금 옛날 피 흘러내려 아파옵니다

산 같은 고집과 어리광 모두 어이하고 이제는 바윗돌처럼 잠이 든 당신의 무덤 그 위에 낙엽이 지고 낙엽이 쌓이는데
삼단 같은 머리 검고 숱한 나만이 아직도 궂은 별처럼 젊었습니다

서설(瑞雪)

눈이 온다
손 시린 흰빛의 나비들
우렁차게 잘 들리는
갑작스런 음악
황홀한 소낙비

눈이 온다
마법의 옷 갈아입는 하늘

불이 보고 싶어라
네 영혼이
눈물이 보고 싶어라
네 영혼이

사랑하지 않고는
잠시도 살지 못하는 이 피곤한 영광
이 줄기찬 미혹
눈이 온다
마음껏 채광에 몸 적신
나비들

임

1

임의 말씀 절반은
맑으신 웃음
그 웃음의 절반은
하느님 거 같으셨다
임을 모르고 내가 살았더면
아무 하늘도 안 보였으리

2

그리움이란 내 한 몸
물감이 적시는 병
그 한번 번갯불이 스쳐간 후로
커다란 가슴에
나는 죽도록 머리 기대고 산다

3

임을 안 첫 계절은
노래에서 오고
그래 줄곧 시만 쓰더니
그 다음 또 한철은
기도에서 오고
그래 줄곧 손 씻는 마음

어제와 오늘은
말도 잠자고
눈 가득히
귀 가득히
빛만 받고 있다

너를 위하여

나의 밤 기도는
길고
한 가지 말만 되풀이한다

가만히 눈뜨는 건
믿을 수 없을 만치의
축원,
갓 피어난 빛으로만
속속들이 채워 넘친 환한 영혼의
내 사람아

쓸쓸히
검은 머리 풀고 누워도
이적지 못 가져 본
너그러운 사랑

너를 위하여 나 살거니
소중한 건 무엇이나 너에게 주마
이미 준 것은
잊어버리고
못다 준 사랑만을 기억하리라
나의 사람아

눈이 내리는
먼 하늘에
달무리 보듯 너를 본다

오직 너를 위하여
모든 것에 이름이 있고
기쁨이 있단다
나의 사람아

내가 흐르는 강물에

구름은 하늘이
그 가슴에 피우는 장미
이왕에 내가 흐르는 강물에
구름으로 친들
그대 하나를 품어 가지 못하랴

모든 걸 단번에 거는
도박사의 멋으로
삶의 의미 그 전부를
후회 없이 맡기고 가는
하얀 목선이다

차가운 물살에
검은 머리 감아 빗으면
어디선지 울려 오는
단풍나무의 음악,
꿈이 진실이 되고
아주 가까이에 철철 뿜어나는
이름 모를 분수

옛날 같으면야
말만 들어도 사랑은 어지럼병
지금은 모든 새벽에 미소로 인사하고
모든 밤에 침묵으로 기도한다

내쳐 내가 가는 뱃전에
노란 램프로 여긴들 족하리라
이왕에 내가 흐르는 강물에
바람으로 친들
불빛으로 친들
그대 하나를 태워 가지 못하랴

아가(雅歌) · 1

하늘도 제일 높은 하늘에까지
너를 부르는
한 목소리뿐이다

선물로 받은
햇빛이라 여기며
비라 여기며
나날이 더운 손 잡아 주며 산다
사랑을 가진 나는

진작엔 몰랐던
눈물과 진실
너로 해 생긴 근심도 소중해라
사랑을 가진 나는

바다도 제일 깊은 바다에까지
너를 부르는
한 목소리뿐이다

선물로 받은
빈자리라 여기며
외롭다 여기며
약손 얻어 가슴 쓸어 내리듯 산다

사랑을 가진 나는

아아 내 눈이 본
가장 광명한 빛으로
몸이 빛나고 영혼이 빛나는 너를

죽도록의 내가
보고 싶은 마음도
훗세상에 심어
뿌리 깊은 연분의 나무 될
기도에 바치고 나면

땅의 제일 먼 땅끝에까지
너를 부르는
한 목소리뿐이다

、그 이름 선홍의 피로

선홍의 피로
그 이름을 쓰고 간 이들
검젖은 흙더미에
이 밤 등불도 없이
잠들었는가

오직 조국에 바치는
순열하고 의로운 사랑 그뿐으로
총 맞아 목숨 잃은
시청 앞 광장
꿈결에나 흰 새 되어
날아오는가

그대 겨누던 원수는
겨레의 그 하나였음을 용서하라
마르지 않는 눈물
못내 멎는 오열을 듣느니
선혈에 젖은 우리의 조국
대한의 기(旗)여
기에 수놓인 꽃다운 혼령이여

그대들 생명이
밝혀 준 불빛으로
앞으론 영 어둠 없이 산대두
너무 설워라
철쭉 같은 젊음의 막을 내리고
사라지는 이들

천 년을 울어 주는
종이 되려나

네 생각 그 하나에

너를 재우고 돌아섰던
손 시린 돌무덤에
나도 영원히 쉬려고 찾아왔음을

별이란 그저
잠잠히 순명하는 빛떨기이더구나
새삼 무에랴 우리를 일깨워
섧게 만들리
하얀 눈물이 우리들 눈시울의
안갯빛 분수인 양 한대도
마음은 돌 옆에 안식할 것으로 믿자

너를 찾아 네 옆에
나 돌아왔음은
진실로 하늘이 짚어준 길이었거니

무서리 내 가슴에 잠기고
흰 눈송이 성성히 덮여오는
겨울 한밤에도
오직 네 생각 그 하나에
나는 살았더니라

겨울 바다

겨울 바다에 가 보았지
미지의 새
보고 싶던 새들은 죽고 없었네

그대 생각을 했건만도
매운 해풍에
그 진실마저 눈물져 얼어 버리고
허무의 물 물이랑 위에
불붙어 있었네

나를 가르치는 건
언제나 시간
끄덕이며 끄덕이며 겨울 바다에 섰었네
남은 날은 적지만

기도를 끝낸 다음 더욱 뜨거운
기도의 문이 열리는
그런 영혼을 갖게 하소서
남은 날은 적지만

겨울 바다에 가 보았지
인고(忍苦)의 물이
수심 속에 기둥을 이루고 있었네

집

나는 집이 없다
반석 위에 내 집을 세우는
수고하는 석공이 되고 싶지만

겨울은 길고
한 꺼풀씩 돌을 얼구는
바람 속에 서서
나는 웬일로 가슴만 더운지
살을 에이는 바람 속에서
나는 가슴이 뜨거워
참을 수 없다

작은 등을 마저 끄랴
넘쳐 부푸는 어둠 한가운데
고함치며 뛰어내리는
아아 싸락눈 같은 별들

이 안에 지금
한 올의 명주실을 주시면
내 집의 기둥이 되리
한 올의 명주실을 더 주시면
내 집의 창문 되리

나는 집이 없다
오직 수고하는 목공이고만 싶다

꽃샘눈

음악이 좋아
아기가 좋아 나 산단다
꽃샘눈 차갑고
희게 파랗게 내리네

시를 이루는 일이 그렇거니
사랑하는 일이 그렇거니
신앙인들 오죽 허전한 도취인가
하나같이 쓸쓸한 영광에
눈시울 적시며 살거니

영원한 것만 진실이라면
이 고독 참으로
사람에게 영원하다

꽃샘눈 비추는
으스름 밤의 황촉
불빛은 말하느라
돌이킬 수 없다 아무것도
돌이킬 수 없다고
그래서 아아
처음부터 잘 살아야 했었니라

……이리 나부끼는
밤과 음악과 눈발이여

봄 사연(事緣)

봄 흙바닥에 마른 글씨나 써 보며 꾸부리고 있으면
물 고이듯 드러누운 햇살 안에 채묵(彩墨)을 떨구는 손길 있어
붓자국마다 빛보래 봉긋함이 하마 신기해라
청유리, 수정 미립자도 쐴쐴 내리는 하늘이야
예대로 고운지고

멋진 시 한 편, 구태여 종이 위에 담는 글이 아니어도
보배스런 시정(詩情)으로 눈이 밝아 정신이 밝아
환하게 있다면 이런 날 참 좋을 것을
미천한 여인이 고귀한 아들을 낳았듯이
기쁨과 두려움에 넘쳐 봄 흙바닥에 내가 이렇게 있다면
정녕 좋을 것을

편지

그대만큼 사랑스러운 사람을 본 일이 없다
그대만큼 나를 외롭게 한 이도 없었다
이 생각을 하면 내가 꼭 울게 된다

그대만큼 나를 정직하게 해준 이가 없었다
내 안을 비추는 그대는 제일로 영롱한 거울
그대의 깊이를 다 지나가면 글썽이는 눈매의 내가 있다
나의 시작이다

그대에게 매일 편지를 쓴다
한 구절 쓰면 한 구절을 와서 읽는 그대
그래서 이 편지는 한 번도 부치지 않는다

밤 오기 전

끝없이 내려만 가는
층계는 무서워
맹세하듯 절망을 피해 울리는
먼 풍금 소리에 운다

나야 쉽사리
종이집을 불태운 지등(紙燈) 안
벌거벗은 불송이가 돼 버리곤
사위(四圍)의 어둠을 도저히
혼자서는 다 껴안지 못한다고
지레 근심하곤 한다

태양이 버린 우기(雨期),
비 비린내 몹시 나는 나무들
그 헝클어진 머리채를
눈으로 빗질하며
고달픈 초록에 또 울어 버린다

정직하기조차 참 어려워서
매양 어두운 건
삶과 시의 얼굴.
진흙 위에 무릎 꿇어

남루한 속마음 회오로 풀고 싶어도
감상이 얼룩진
눈물이 흐르는 따위
지금 이런 기도는
날지 못하는 새라고 알고 있다

하면 밤 오기 전
조금 남은 시간을 어쩌면 좋을까

숱하게 지껄이던 말
사랑일랑 빼놓고
더 간절히 속쓰리게 뭘 하고 있을까
나는

하일(夏日)

날이 날마다
섬세한 날갯짓으로 날아가고
돌아오는 새야
빗속에도 번개 속에도
산탄처럼 내닫더니
오늘은 날개를 접어

한더위 긴긴 해
고단한 하루
부채로 바람을 일구어
눈썹이 시원한 아가는 잠들어

아무 일도 없는데
초록이 무거워서
솔잎 하나마저도 흔들지 못하는
나무, 나무, 나무들
마법의 고요

소나기같이 온 현기증에
이마를 짚고 서면

새야
새야
내 영혼 그 안에서 사막을 가는구나

기쁨

1

이 기쁨 처음엔
작은 꽃씨더니
밤낮으로 자라 큰 기쁨 되고
위태한 꽃나무로 섰네
아, 이젠 불이어라
가책의 바람으로도
끌 수 없거니

2

새벽잠 깨면
벌써 출렁이는 마음
한 쌍의 은행처럼
연한 슬픔과 또 하난 기쁨이래요
말하지 말아야지
이번엔 결코 말하지 말아야지
불시에 하늘이 쏟아지던
옛날의 그 한 마디
이 마음의 이름

아가(雅歌) · 2

나, 네게로 가리
한사코 가리라
이슬에 씻은 빈손이어도 가리라
눈멀어도 가리라

세월이 겹칠수록
푸르청청 물빛
이 한(恨)으로 가리라

네게로 가리
전생의 지아비를
내 살의 반을 찾으리
검은 머리 올올이
혼령이 있어
그 혼의 하나하나 부르며 가리

나, 네게로 가리

설일(雪日)

겨울 나무와 바람
머리채 긴 바람들은 투명한 빨래처럼
진종일 가지 끝에 걸려
나무도 바람도
혼자가 아닌 게 된다

혼자는 아니다
누구도 혼자는 아니다
나도 아니다
하늘 아래 외톨이로 서 보는 날도
하늘만은 함께 있어 주지 않던가

삶은 언제나
은총의 돌층계의 어디쯤이다
사랑도 매양
섭리의 자갈밭의 어디쯤이다

이적진 말로써 풀던 마음
말없이 삭이고
얼마 더 너그러워져서 이 생명을 살자
황송한 축연이라 알고
한세상을 누리자

새해의 눈시울이
순수의 얼음꽃
승천한 눈물들이 다시 땅 위에 떨구이는
백설을 담고 온다

범부(凡婦)의 노래

1
바다는 큰 눈물
웅얼웅얼 울며 달을 따라가지
그 눈물 다 가면
광막한 벌이라네

바다는 그저 눈물
눈물이 더 불어 누워 돌아오지
그리곤 또 가네
몇 번이라도 달 때문이네

2
이 바람을 어이랴
실바람 한 오라기 살결에만 닿아도
사람 내음에 절은 머릿결 한 움큼에
열 손가락 찔러 넣듯
진홍의 관능에 몸서리치며 내 미치네
이적진 몰랐던 이리도 피가 달아진 일,
아아 바람에 바람에
이 살을 다 풀어 주어야
내가 살겠네

3
사랑만으로는 결코
배부르게 못해 줄
지금 세상의 사나이를
신이 한 가지만을 주신다 하면
나는 역시 한 남자를 갖겠다

패전한 국민이 소리를 모아 부르는
국가(國歌)의 절망과 그 소망을 품겠지

당신

당신은 불면의 밤
흑남빛 전율이 한밤내 핏속에 끓는
미혹과 공막의 긴 밤이다

당신은 오만한 주권
노예의 정신을 돌보지 않았듯이
독단의 선의 칼을 구워 낸다

당신은 막무가내의 벌
무상의 물을 떠 먹이고 조갈의 불로 살을 지지는
도무지 그 죄를 물을 수도 없는 체벌이다

당신은 미명의 과제
삶의 추위에 지치는 인동의 끝머리
얼어 오는 첫새벽의 묵상이다

당신은 원초의 열과 혼란
질서를 등진 본능의 광채이며
불의 사막에 쫓기는 원죄의 열락이다

당신은 윤택한 비탄
비탈에 선 나무도 이 물에서 마시는
흡족한 수량의 솟구치는 눈물이다

당신은 고독한 의탁
헤일 수 없는 부재와 이별의 서러운 중량이며
춥게 일어나 앉는 일상의 기다림이다

당신은 둘도 없는 순명의 명령
어째도 나는 당신의 여자일밖에 없고
결코 아무 데도 가지 않는다

한천(寒天)

모든 나무가 아래를 본다
적멸에 떨군
저네들의 잎새가 거기 있으므로

버려진 잎들을 기억이나마 하는 건
저무는 낙조의 긴 노을과
고향도 없는 바람뿐이다
생존에의 집착을 어찌 눈 감겼으리
더듬거리며 바닥까지 내려가는 결별
진홍의 전율로 닫고 가는 문

모래시계와 피와
강설을 바라며 가슴도 벗은
은빛의 강

내가 시켰거나 해서
세상이 지금
이처럼의 내용으로 있는 것도 아닌데
마구 눈물이 쏟아지려 하는구나

사적(射的)의 권리는 다 썼건만
쏘아 맞힌 아무것도 없는
나의 눈먼 욕망들 그 머리를 베어
이 한천에 걸어 둘까 부다

머리를 빗으며

머리를 빗는다
이 밤, 헤일 수 없는
어둠의 실오라기를 빗어 내리듯
단념(丹念)히 머리를 빗질한다
포실한 모발 올올이
순묵의 윤광이 맺히는 건
사람의 사념이 그리도 어두운 탓인가

난로에 기름을 더 준다
소리지르며 불타는
순수,
마치도 충실을 아는 두 영혼이 만나
서로 한없이 껴안는 광경이다

가능의 여명을 불의 불무더기로
처염(凄艶)히 불사른 정신사를
인류는 가지고 있고
충실을 익히는 일 그쯤에 쓰기론
누구도 그 시간이
적었다고야 못하려니

유한 수압을 가르며
심해어족의 지느러미를 빗질하듯
긴 머리를 빗으며
이 밤 나는
쫓겨난 여자처럼 춥다

여인

밤의 벌판에 갔더니
서서 우는 나무 옆에 여인들이 역시
울고 있었다

그녀들 눈물에 잦아든 염분은
아슴한 먼 바다에서
바람에 묻어 온 소금기,
바다 건너의 무어라는 땅이름과
그곳 인습의 내음을 풍기었다

미욱한 여인이
미욱한 사나이 그리워서 실성도 하는
어둡고 허무하고 미치는 불숭어리
불은 이랑이랑, 불이랑은 불바다가 되며
참을 수 없는
불의 혼령으로 뭉쳐 터지면
천지에 가득 차는 불의 무섬증이랴
회오리치는 불의 향료이랴

나는
인기척 없는 배가 물살에 흐르듯
천만 리보다 긴 강줄기를 흘러왔는데

강 안에 서서 우는 여인을 보는 건
모든 이방의 한 가지 서로 닮은 풍습이었다

다시 밤의 벌판에 갔더니
지혜를 일러 주는 이는 아무도 없고
여인들이 고개를 수그리고 앉아
은의 별그림자를 줍고 있었다

가을 · 2

어느 때 침묵의 전령이 와서
내 안에 머물렀다
말없는 세계에 내가 살았음은 그 때문이지
안으로 더 안으로 검은 층계를
밟아 내리던 어둠의 충동
왜 그랬는지는
나 자신 아는 바가 없다

흐르는 사계절이
기다란 몸짓으로 드러눕곤 하더니
가을에 이르러
시들은 잎들이 내리고
공중의 배가 침몰하듯
아찔한 무게의 사유(思惟)가 쏟아져 오고

참 이상도 하지
소리에 굶주리던 만상 한가운데
갑자기 음악이 흘러넘쳤다

다른 일도 또 있다
청징한 선인들의 시심이
순금의 망사를 짜서

천지 사방에 걸어 두는 일이······
저들이 내쏘는 빛의 여광을 두 손에 받으며
울어 버린 건 어쩔 수 없다

그리고
가을은 이제 시작이다

사랑초서(草書)

1

사랑하지 않으면
착한 여자가 못 된다
소망하는 여자도 못 된다
사랑하면
우물 곁에 목말라 죽는
그녀 된다

6

나를 먹이는 사람
원자로 먹이는 사람
불씨 한 점으로
해돋이 저녁노을
다 불붙이네

7

탄생에 축복을
만남과 헤어짐에 축복을
죽음엔 더 축복을
사랑에겐 사랑을
보태어 주소서 주여

14
사람 몸엔 그림자
사람 마음엔
아홉 하늘 살 맞대고 오는
청메아리

16
이름 없는 사람아
이름 없는 은총에서 태어난
나의 금동아기

31
피 흘리지 마라
그대 날 사랑하지 마라
사랑은 내 안에 가득하여
둘이 먹어야만 하리

32
더 아파야만이 사랑이래
더 외로워야만이 사랑이래
쌓을수록 남아도는
천형(天刑)의 벽돌

33
내가 길 잃은 곳에
그대 있다
내 어둠에 등불 비추며
아무도 없느냐고 울며 외칠 때
그대 음성 울린다

38
아무렇게나
우설(雨雪)에 젖어 온 두 사람이
서로의 추위에
공손히 입술을 대는
이 일이라니

40
피밭에 넘어진 그대
가시 숲을 헤매인 그대
혼자 있게 한
모두 내 탓이네

47
사람을 버리느니

사람에게 버림받게 하소서
사람끼리 사랑할 때
내가 먼저 사랑하게 하소서

50
열 손톱 숯이 되며
임의 산천 다 넘어온
새 천지개벽에
저승인가 임 먼저 와 계시네

53
떫은 사랑일 땐
준 걸 자랑했으나
익은 사랑에선
눈멀어도 못다 갚을
송구함뿐이구나

54
사랑 이상의 것은
사랑이지
하늘 위에 더 높은 건
하늘나라 하늘이지

56
국가를 부르는
노인들의 합창이 나를 울린다
저만 나이엔
나라사랑 그 마음도
청남빛 수심이리

63
사랑의 말은 없이
마지막엔 거기 가리라고 아는
고향의 산 같으신
당신

69
가시와 꽃들이
불타는 곳에
내가 재 되는 줄 알면서
아프면서 기쁘면서
그대와 불타는 곳에

70
저토록 진홍인 노을,

겨레의 가슴 하나하나에 불타는
민주주의의 횃불같이
불의 함성같이

73
갑자기 눈떠
당신을 찾았다
내 양심의 한가운데서
급한 통곡과
긴 침묵 속에서

75
사랑에겐
사랑일 수 있었음이
이미 보답이다
내게 이를 가르쳤음은
당신의 힘이다

78
표백한 아마실처럼
희디하얀 외롭고 긴 마음은
이승 너머

저승 가는
연실이나 삼을밖에

81
나는 백랍이니
불붙이거라
열두 겹 어둠에 감싸인 기름
한 번 켜면 못 끄는 불
그대 부싯돌이면

83
사랑은 정직한 농사
이 세상 가장 깊은 데 심어
가장 늦은 날에
싹을 보느니

87
돌의 잉태를
옥(玉)의 분만으로 이끌기도 하는
사람 하나의
비상히 귀한 촉매

88
나는 미운 질그릇이나
임의 불 담은 화로이고 싶어
분수에도 과한
옥동자 배고 싶어

94
전심전령의 피리 부네
피 사아져 증류수 되올 일을
죽기 아니면 사랑도 되올 일을
그 탄원의 피리 부네

95
신 앞에서 저희가
동가(同價)의 반신이게 하소서
가난한 이들의 제상(祭床)을
이에 올리옵니다

음악

음악 그 위험한 바다에 빠졌었네
고단한 도취에 울어 버렸네

살아 보아도
내 하늘의 무궁한 구름은
애상
많은 시를 썼으나 어느 한 구절도
나를 구해 주지 못했다

사람 하나
그 복잡한 미혹에 반생을 살고
나머지 쉽사리 입는
상처의 버릇

눈 오는 숲
나무들의 화목처럼
어진 일몰 후 편안한 밤처럼
있고 싶어라

참말은 무섭고
거짓말은 부끄러워
음악 그 고단한 도취에 울어 버렸네
아무 말도 아닌 진실 때문이었네

아침 은총

아침 샘터에 간다
잠의 두 팔에 혼곤히 안겨 있는
단샘에
공중의 이슬 떨구이는
물방울 소리

이 날의 첫 두레박으로
순수의 우물
한 써풀의 물빛 보옥들을
길어 올린다
샘터를 떠나 그분에게 간다
그분 머리맡에 정갈한 물을 둔다
단지 아침 광경에 눈뜨실 쯤엔
나는 언제나 비껴 서 있다

은총이여
생금(生金)보다 귀한 아침햇살에
그분의 온몸이 성하고 빛나심을
날이 날마다 고맙게 지켜본다

눈

천국엔 주일뿐인가
천국사람들아

비행기 타도 못 가는
하늘꼭두에서
희디하얀 편지, 눈이 오네
이 세상에선
못 만드는 깨끗한 반짝거림
빛나면서 얼어 버린 눈물
눈이 오네

천국엔 주일뿐인가
주일의 촛불 밝히고
주일의 풍금 울리며
조용하게 꿈꾸는 유순으로
눈이 오네

아무 말도 못하겠는
그저 아득한 마음에
불의 밀씨 뿌리는 눈이 오네
깃을 치는 깃을 치는
유리의 새떼 오네

낙일(落日) · 2

동해의 낙조
어린 형제가 주황염료에 적시어
수평선을 바라본다
유혈범벅의 젖은 낙일을 보며
아들들은 울고나 있을까

삼라 대자연이
장려한 열정으로 다가올 땐
차라리 울고 말았었다
살아 있는 시공,
장쾌한 호흡기,
몸서리치는 억만의 속의 파도,
사랑이 가라앉아 연민이 된
사십내의 사람의 진실,

못나게
나는 또 울고 있다

나무들 · 1

나무여 나무여
걸을 수도 날 수도 없어서
친구 곁에 못 가네
사랑 곁에도 못 가네
그러나
니네들 한 가지 햇빛을 쬐며
거누(巨累) 억만 년 사이
한날한시에 목청이 확 트였구나

거대한 임부(姙婦) 봄 천지에
지하수에도 전류 와서
불범벅이네 수액범벅이네
아, 어쩌면 좋지
초록의 전율

어떤 그림 속에서도
반 고흐의 보리밭에서도
움직이는 풀잎 하나 못 봤는데
살아서 사람처럼 출렁이는
니네들
머리 푼
니네들
아, 어쩌면 좋지

바람

바람 부네
바람 가는 데 세상 끝까지
바람 따라 나도 갈래

햇빛이야 청과 연한 과육에
수태를 시키지만
바람은 과원 변두리나 슬슬 돌며
외로운 휘파람이나마
될지 말지 하는 걸

이 세상 담길 곳 없는 이는
전생이 바람이던 게야
바람이 의관(衣冠) 쓰고 나들이 온 게지

바람이 좋아
바람끼리 휘이휘이 가는 게 좋아
헤어져도 먼저 가 기다리는 게
제일 좋아

바람 불며
바람 따라 나도 갈래
바람 가는 데 멀리멀리 가서
바람의 색시나 될래

비

내 유정한 시절
다 가는 밤에
억만 줄기의 비가 내린다
세월의 밑바닥에 차례로 가라앉는 비
물살 휘저으며
뭉기고 고쳐 쓰는 글씨

내야 예쁜 죄 하나
못 지었구나
저승과 이승, 몇 겁 훗세상에까지
못다 갚을 죄업을
꼭 둘이서 나눌
사람 하나 작정도 했건마는

빗물에 손 씻는다
죄 하나라도 운명 없이는
이루지 못함을

찬미할거나 찬미할거나
오늘은 골수에도 스미는 비를
내 멋대로 찬미할거나
그래 참말이다
피가 더운 여자는
단명이나 했어야 하는 것을

추위

추위에게 인사한다
추위의 수놓으며 피륙도 짜며
밤엔 추운 목침 베고 잠잔다
운명이라는 부부 사이처럼
추위와 나는 서로 절반의 몸이었다
사랑하는 남자도
추위 몰래 만나진 못했다

추운 사계절
냉쾌한 풍금 소리
사랑하는 남자는
중년 어느 날 떠나기도 하지만
친숙한
연만(年滿)해진 추위

내게 백발 오는 이즈음에
말로써 풀 정한의 소요가
더 남았을 리 없다
낮게 멜로디로만 울리는
오늘은 내가 낡은 풍금이다

추위의 중심이
세월만큼 가라앉은
고풍한 그 악기이다

연금술

1

삶은 차례를 잇는 해후
이별 또한 해후
오늘은 이별과 만나고 있다
전혀 말도 없기로는
첫 만남이다

2

연습 한 번 못 해보고
단번에 태어나 살기 시작했다
살아 생전 온갖 서툰 짓은
연습 없이 치르는 그 때문이지
죽음 또한
이리도 서툴 일이
창공에 깎아지른
태산의 근심이네

3

사람아 너 어쩔래
연금(鍊金) 불가마에
십 년 사철 불만 땐 불귀신이네
금은 아니 나고

금의 뼛가루
백회뿐인 걸

별수 없이
나도 바람이나 날란다
눈먼 바람 나 홀려 가면
금도 아닌 돌도 아닌
내 도령아
넌 이쩔래

생명

생명은 추운 몸으로 온다
벌거벗고 언 땅에 꽂혀 자라는
초록의 겨울보리,
생명의 어머니도 먼 곳에서
추운 몸으로 왔다

진실도
부서지고 불에 타면서 온다
버려지고 피 흘리면서 온다

겨울 나무들을 보라
추위의 면도날로 제 몸을 다듬는다
잎은 떨어져 먼 날의 섭리에 불려 가고
줄기는 이렇듯이
충전 부싯돌임을 보라

금 가고 일그러진 걸
사랑할 줄 모르는 이는 친구가 아니다
상한 살을 헤집고
입맞출 줄 모르는 이는 친구가 아니다

생명은 추운 몸으로 온다
열두 대문 다 지나온 추위로
하얗게 드러눕는
함박눈 눈송이로 온다

백기(白旗)

지도엔 내 나라가 작다
작은 내 나라에 못 가 본 산천 많아
아슴한 고갯마루
넘나드는 여수
유백의 깃발 물결이 밀리네

칠팔월 불볕에랴
철사 빨랫줄에 매달아 표백하는
서리서리 내 몸서리,
몸서리 몸서리치는
전기 붙은 그리움이
끓어서 김이 되어 하늘에 올라
구름밭에 다시 짜여
흰 깃발 되었나

작은 내 나라에
넘치는 건 하늘뿐
하늘 속 환희 목화밭으로
이우는 그리움뿐

이제금 알겠네
하늘은 고령한 체념,
승복의 백기,
사람의 목마름이 거기 닿음을

와병기

오늘은 쉰다
먼 길을 함께 온 여윈 그림자가
원하는 휴식,
낙숫물 우습게 떨어져 주춧돌머리 파이듯
땀 흘리며 긴 단잠 깨어 보니
내 한평생 어느새 해질 녘이네

어릴 적 자주 몸져 앓으면
천장문양이 불 같은 꽃뱀뭉치로
둔갑해 쏟아지곤 했는데
유년의 그 천둥
오늘은 어느 하늘에 울리나

삶과 사랑은
숯불 일어 맨살에 엉켜 붙는
화상 부푸러기
미치는 피와 살의
그 젊은 날도
이젠 다 지나갔는지

오늘 온몸 꽃의 발진은
무섭게 참말인 피로와
찬물 끼얹는 회오이네

어머님의 성서

고통은 말하지 않습니다
고통 중에 성숙하며
큰 사랑의 침묵에 머뭅니다

복음에도 없는
마리아의 말씀, 묵언(默言)의 문자들은
고통 중의 영혼들이 읽는
어머님의 성서입니다

긴 날의 불볕을 식히는
여름 나무들이,
제 기름에 불 켜는
초밤의 밀촉이,
하늘 아래 수직으로 전신배례를 올릴 때
사람들의 고통이 바다를 이룰 때
고통의 짝을 찾아 서로 포옹할 때

어머님의 성서는
천지간의 유일한 음악처럼
귀하고 낭랑하게 잘 울립니다

별

막내는 열 살
예뻐서 못 견디는 엄마가 업어 준다
초밤별 금빛 불티
순금빛 숯불
인두질하는 인두질하는
불의 살결을 어이 하리

한공 구만 리
더운 몸의 외로움을
별들은 안다
명멸하는 숨결의 애련
생명은 아픔이며 무상인 탓에
사랑에 값함을
별들은 안다

서럽게 진실한 만남
목화 실뿌리가 내리는 연분
내가 껴안은 절망과
그날의 기도 구절도
별들은 알고 있다

막내는 열 살
이승의 밤하늘에
날이 날마다 별이 솟는 놀라움을
어린 아들과 나눈다

촛불

1
촛불아
나의 어느 사랑노래로도
노래 너머 더욱 가는
그 사랑으로도
나의 삶 전부로도
불타고 재도 없는
너를 못 이기겠다

2
환하게 환하게
내 영혼을 지나가는 이의
지나만 가시어도
눈물나는 이의
바람도 못 흔드는
주홍 옷자락

3
제 기름에 불붙이는
이 사람을
천지 만물이 겁을 먹고 지켜본다
신(神)도 잠시 일손을 멈추신다

다 불타고 이승의 하직으로
검은 관(棺)에 못을 친다

4
절망 이상으로
힘센 불이여
불로 태워도 못 죽는
존재의 자력(磁力),
사랑이여

5
음악과 둘이
저물도록 손 녹이는
촛불
아, 삼백 년보다 더 오랜 동안을
몽매에도 생각나던 사람이
철철 넘치는 놀빛 의관으로
갑자기 현신이네

6
한 덩이 백랍

불 만나 기름 되고
맑아져 증류수 되었다가
다시 엉기어
기름 되고 백랍 되어
벗은 몸이 또 불붙네

7
옛날의
외롭던 사내아이와
외롭던 여자아이가
외로운 버릇대로 그냥 자라나
외로운 긴 세월 차례로 섬겨
이제도록 늦은 날에 만났습니다
촛불 한 자루 예 밝히오니
조물주신 어른
소람(昭覽)하옵소서

8
한 번도
여자를 안아 보지 못한
신선한 이 서투름을,

아아 동정(童貞)의
불심지

9
물속 천 길 만 길에
금두레박 타고 온 이는 없다
찬물찬물 밑바닥에
추워서 눈먼 여자
찾아 준 이는 없다
너밖에는

10
지금 막
씻어 헹군 영혼일 땐
촛불 육신
가득한 방에
옷 벗고 혼자 든다

11
죄를 정화하며
사랑하는 지혜를

촛불은 알 거야
죄와 사랑이 피와 살처럼 짝지어진
사람의 숙명을
촛불은 민망히 여길 거야

12
겨울 나무는
등신대(等身大)의 촛불들입니다
금욕의 살결에
생피 붙은 인(燐)이
입맞춤했어요

13
승천한 촛불들은
별이 되었나요
별이 되어 밤새도록
빛의 비를 내리나요

14
나를 보려마
사랑의 할 말들은 끝낸

여자를 보려마
손 안에서 시드는
차마 아까운
촛불을 보려마

15
면도날로
불송이 자르며 운다
잘린 불송이
서로 이어 붙는 거
한없이 눈물난다

16
몸 비추는
불빛일랑 말고
마음 비추는
불빛도 말고
너의 영혼 그 옆방의
빛그늘 되고 지고

17
용서받게 해다오
용서받게 해다오
절망보다 훨씬 암담한 소망을
열 손가락 소지(燒指) 살라
불제사 바치니
나를 받아 주게 해다오

18
천일(千日)을
보고 싶던 이
천일을 오시잖은 이
창호지에 여린 불빛 적시며
등불 설핏 비추면
천일 몇 갑절에도
나는 문 열을래

19
하늘에 올림을
너와 함께
하늘이 베푸심을 또한
너와 함께

이가 내 기도임을

20
불과 빛으로
노래부르며
불과 빛의 연을 날리는
지순한
신선동자들

21
잠자려마
잠자려마
평생에도 잠 없는 순금의 눈시울
사랑처럼 고단한,
아아 죽음에만 눈감는
촛불

22
너만 울리진 않아요
혼자 노숙하겐 결코 못해요
촉루 모두

불이 되는 너를
나 죽은 후라도 투명한 내 몸이
안아 줄 거예요

23
세월 다해 못 얻은
빈 그릇에
뭐라고도 못 나타낼 불향기로
서리는 너
홋세상의 해그림자
지우는 너

24
둘의 영혼
다 열리옵고
그 다음은 촛불 같게 하소서
고요함과
불타는 일만을
알게 하소서

25
옛날도 오늘도
세계의 촛불들은 동일한 종교지요
하늘을 향해 불타고
하늘에 돌아갑니다

아가(雅歌) · 4

가장 깊은 뿌리에서
아슴히 높은 정수리까지의
내 외로움을
사람아 너에게 드릴밖엔 없다
동쪽 비롯함에서
서녘 끝 너메까지
한 솔기에 둘러 낀
하늘가락지.
돌고 돌아서
다시 오는 이 마음을

서녘

사람아
아무러면 어때

땅 위에 그림자 눕듯이
그림자 위에 바람 엎디듯이
바람 위에 검은 강
밤이면 어때

안 보이면 어때
바다 밑 더 파이고
물이 한참 불어난들
하늘 위 그 하늘에
기러기떼 끼럭끼럭 날아가거나
혹여는 날아옴이
안 보이면 어때

이별이면 어때
해와 달이 따로 가면 어때
못 만나면 어때
한 가지
서녘으로
서녘으로
잠기는 걸

사랑의 말

1

사랑은 말하지 않는 말,
아침해 단잠을 깨우듯
눈부셔 못 견딘
사랑 하나
입술 없는 영혼 안에 집을 지어
대문 중문 다 지나는
맨 뒷방 병풍 너머
숨어 사네

옛 동양의 조각달과
금빛 수실 두르는 별들처럼
생각만이 깊고
말하지 않는 말,
사랑 하나

2

사랑을 말한 탓에
천지간 불붙어 버리고
그 벌이 시키는 대로
세상 양 끝에 나뉘었었네
한평생 다 저물어

하직 삼아 만났더니
아아 천만 번 쏟아 붓고도
진홍인 노을

사랑은
말해버린 잘못조차
아름답구나

선물

1
내야 흙이온데
밀랍이듯 불 켜시고
한평생 돌이온 걸
옥의 문양 그으시니
난생 처음
이런 조화를 보겠네

2
기도할수록 기도하고
사랑할수록 사랑을 더하는
이상한 부푸러기
내 힘은 결코 아닌
참 신기한 부푸러기

3
주신 것
잎새.
꽃.
때 이르러 열매이더니
오늘은 땡볕에 달궈 낸
금빛 씨앗.

해동

겨울 술항아리에
포도낱알은 발효해 풀어지고
내 할 말도 이젠 없다
잘 삭은 피여
늙은 겨울이 약손으로 쓸어 내리는
꽃샘눈, 맨 끝의 눈물이여
내 할 말도 이젠 없다

어린 푸성귀들을 키우려
모성의 봄 오는구나
자연만은 낮은 목소리로 말해도
모두 참말일 테지
조용하게 언 땅에서 채우고 일어서는
나무, 나무들
내성(內性)의 부신 만개(滿開)여

내 할 말은
이들을 바라보는 침묵이다

나무들 · 4

보아라
나무들은 이별의 준비로
더욱 사랑하고만 있어
한 나무 안에서
잎들과 가지들이 혼인하고 있어
언제나 생각에 잠긴 걸 보고
이들이 사랑하는 줄
나는 알았지

오늘은 비를 맞으며
한 주름 큰 눈물에
온몸 차례로 씻기우네

아아 아름다워라
잎이 가지를 사랑하고
가지가 잎을 사랑하는 거
둘이 함께 뿌리를 사랑하는 거
밤이면 밤마다
금줄 뻗치는 별빛을
지하로 지하로
부어 내림을 보고
이 사실을 알았지

보아라
지순무구, 나무들의 사랑을 보아라
머잖아 잎은 떨어지고
가지는 남게 될 일을
이들은 알고 있어
알고 있는 깊이만큼
사랑하고 있어

바다

바다여
나의 좋으신 분을
수평선 저 너머
네가 업어 뫼신 후
날마다 천도(天桃) 한 알을
상에 올리네

즈믄 날 만경창파
머리 풀어 바치는
나의 제사
어느덧 서리 묻은
내 귀밑머리

어쩔라나
어쩔라나
오늘은 영혼 안의 그 바다에도
하늘복숭아
가지만 휘어지고

산에 와서

빗속 설악이
이마엔 구름의 띠를
가슴 아래론 안개를 둘렀네
할 말을 마친 이들이
아렴풋 꿈속처럼
살결 맞대었구나

일찍이 이름을 버린
무명용사나 무명성인 같은
나무들,
바위들,

청산에 살아
이름도 잊은 이들이
빗속에 벗은 몸 그대로
편안하여라
따뜻하여라
사람이 죽으면
산에 와 안기는 까닭을
오늘 알겠네

출발

남은 사랑 쏟아 줄
새 친구를 찾아 나서련다
거창한 행차 뒤에
풀피리를 불며 가는
어린 목동을 만나련다

깨끗하고 미숙한
청운의 꿈과
우리 막내둥이처럼
측은하고 외로운
사춘기를

평생의 사랑이
아직도 많이 남아
가슴앓이 될 뻔하니
추스리며 추스리며
길 떠나련다

머나먼 곳 세상의 끝까지도
가고 가리라
남은 사랑 다 건네주고
나는 비어 비로소
편안하리니

고별 · 2

기억하리라
암암한 밤중에
성냥골 한 개비를 그어 댄 사람
그 성냥 잠시만에
불타 사위고
후줄근히 겨울 나룻배에
실려 간 그를

통분의 연대
마지막 날
그러나 너무 늦었다고는
결코 말하지 말자
시대의 이성(理性)이
이제나마 눈뜨는 일은
대견하지 않으냐

아이 적 울음은
진작에 그치고
가슴속으로 피와 눈물이 흐르는
우리의 성년기
뇌수에 가시가 박히는
아프디아픈 새 인격으로
그를 보낸다

봄에게

1
아무도 안 데려오고
무엇 하나 들고 오지 않는
봄아,
해마다 해마다
혼자서 빈손으로만 다녀가는
봄아,
오십 년 살고 나서 바라보니
맨손 맨발에 포스스한 맨 머릿결
정녕 그뿐인데도
참 어여쁘게 잘도 생겼구나
봄아,

2
잠시 만나
수삼 년 마른 목을 축이고
잠시 찰나에
평생의 마른 목을 축이고
봄 햇살 질펀한 데서
인사하고 나뉘니
이젠 저승길 목마름만 남았구나
봄이여

이승에선 제일로
꿈만 같은 꿈만 같은 햇빛 안에
나는 왔는가 싶어

화답

고요하여라
어린 초목들 위에
엉기는 이슬,
만상에 향유 입히는 햇빛,
안개와 아지랑이,
비단실 솔솔 푸는 바람도
아무 말 없어라

다만 고요하여라
천둥 소리도 하나 없이
마음이 문을 열고
영혼과 영혼 사이
왕래의 길을 트느니

진실로 한 탄생에마다
아득한 날 이름과 축복을
예비하신 분께서
무량으로 생수를 따르심이로다
고통에조차 단맛을 섞으시며
귀하게 조율하심이로다

고요하여라
소리내는 순서들은
일찍이 다녀가고
느낌과 뜻과 대답으로 간절한
침묵뿐이로다

행복

새와 나,
겨울 나무와 나,
저문 날의 만설(滿雪)과 나,
내가 새를 사랑하면
새는 행복할까
나무를 사랑하면
나무는 행복할까
눈은 행복할까

새는 새와 사랑하고
나무는 나무와 사랑하며
눈송이의 오누이도
서로 사랑한다면
정녕 행복하리라

그렇듯이
상한 마음 갈피갈피
속살에 품어 주며
그대와 나도 사랑한다면
문득 하느님의 손풍금 소리를
들을지 몰라
보석의 귀를 가질지 몰라

문안

그대 잘 지냈는가고
한 사람 묻고
그대로 해 평화 깨어졌다고
한 사람 대답하니
무색 투명 이슬밭에
온 가슴 젖어

나도 그렇노라고
그대로 해 평화 깨어졌다고
행여 그런 말 말어
말 한 마디 맹세되고 운명되는 줄
알아 버린 터수에선
담백한 거
송구한 거
이쯤이 좋으이

감춰 둔 옥가락지
은밀한 빛 한줄기 보배롭거든
맑고 푸르른
창 밖의 세상에게
소리 없는 갈채
울려 주기나 하렴
결코 아무 말 말어

비파 소리

고요하지 않으면
이 비파 소리 아니 들리리
바람 자지 않으면
이 기름등잔 불도 꺼지리

그 옛사람
옛날 인기척으로
목욕하고
머리 감고
이 가락 울려 내어
옛날의 기도등
불 밝히누나

젊은 날 내 사랑은
장미가시의 사슬이더니
오늘 나의 사랑은
임의 발 앞에
임의(任意)의 신발을 놔드린다

비파 소리여
비파 소리여
타던 가슴 다 태운 후엔

편안하여라
비로소 알아듣는 비파 소리는
눈물겨워라

가을 잠

네 이름에 이어진 건
여기 잠들어라
가을의 가슴 안에 쉬어라

죽을 뻔 죽을 뻔
그쯤이나 하다가
얼마 헐거워진
너를 풀어 뉘이련다
자거라 자거라
잠의 노래 부르리라

가을이 이렇게 큰 몸인 줄
내 몰랐어라
온 누리 복 되고 위안인 줄
내 몰랐어라

네 마음에 이어진 건
모두 잠들어라
어머니의 품이니 쉬어라

아흔아홉 가파른 고개
너를 등에 지고 온
여윈 빈 지게 비스듬히 세워 두고
나도 잠들어 쉬련다
쉬련다

사랑이여

상사(想思)

언젠가 물어보리

기쁘거나 슬프거나
성한 날 병든 날에
꿈에도 생시에도
영혼의 철삿줄 윙윙 울리는
그대 생각,
천 번 만 번 이상하여라
다른 이는 모르는 이 메아리
사시사철 내 한평생
골수에 전화 오는
그대 음성,

언젠가 물어보리
죽기 전에 단 한 번 물어보리
그대 혹시
나와 같았는지를

조국

누구나
배우지 않고
사랑할 줄 아는
그의 나라

불붙는
숯불 밑에 엎드려도 좋아라
역사에서 제일 슬픈
3 · 1 만세
만세
만세

이적지 핏속에 울리는
우리의 대한

겨울 나무

말하려나
말하려나
겨우내 아무도 오지 않았다고
이 말부터 하려나
겨우내 아무도 오지 않았다고
이런 말의 산울림도 울리려나
나의 겨울 나무

새하얀 바람 하나
지나갔는데
눈 여자의 치마폭일 거라고
산신령보다 더 오래 사는
그녀 백발의 머릿단일 거라고
이런 말도 하려나
이런 말의 산울림도 울리려나
나의 겨울 나무

어이없이 울게 될
내 영혼 씻어 주는 음악
들려주려나
그 여운 담아둘
쓸쓸한 자연 더 주려나

아홉 하늘 쩌렁쩌렁
산울림도 울리려나

울리려나
울리려나
나의 겨울 나무

저무는 날에

날이 저물어 가듯
나의 사랑도 저물어 간다

사람의 영혼은
첫날부터 혼자이던 것
사랑도 혼자인 것
꿈꾸며 오래오래 불타려 해도
줄어 드는 밀랍
이윽고 불빛이 지워지고
재도 하나 안 남기는
촛불 같은 것

날이 저물어 가듯
삶과 사랑도 저무느니

주야사철 보고 싶던
그 마음도
세월 따라 늠실늠실 흘러가고
사람의 사랑
끝날엔 혼자인 것
영혼도 혼자인 것
혼자서 크신 분의 품안에
눈 감는 것

작은 만남

작은 만남이여
골짜기의 물꼬를 문득
이리로 돌렸네

한 다발 열쇠꾸러미
자물쇠마다 열어 놓으니
은밀한 내 마음 옷 벗은 채
반짝반짝 드러나고
바닥에 잠겼던 말들
생금가루 털며 솟아오르고

이를 어쩌나 어쩌나
작은 만남이여
저는 이름도 하나 없이
그나마 돌담 저편을 서성이면서
내 눈 밝혀
내 마음 밝혀
실핏줄 하나까지 알게 하느니

작은 만남이여
놀랍고 가슴 아파라
작은 사랑이여

밤 편지

편지를 쓰게 해다오

이 날의 할 말을 마치고
늙도록 거르지 않는
독백의 연습도 마친 다음
날마다 한 구절씩
깊은 밤에 편지를 쓰게 해다오

밤 기도에 이슬 내리는 적멸,
촛불빛에 풀리는
나직이 습한 악곡(樂曲)들이
겨울 베갯머리를 적시게 해다오
새벽을 낳으면서 죽어 가는 밤들을
가슴 저려 가슴 저려
사랑하게 해다오

세월이 깊을수록
삶의 달갑고 절실함도 더해
젊어선 가슴으로 소리내고
이 시절 골수에서 말하게 되는 걸
고쳐 못 쓸 유언처럼
기록하게 해다오

날마다 사랑함은
날마다 죽는 일임을
이 또한 적어 두게 해다오

눈 오는 날엔 눈발에 섞여
바람 부는 날엔 바람결에 실려
땅 끝까지 돌아서 오는
영혼의 밤 외출도
후련히 털어놓게 해다오

어느 날 밤은
나의 편지도 끝날이 되겠거니
가장 먼 별 하나의 빛남으로
종지부를 찍게 해다오

나에게

1
가려거든 가자
천의 칼날을 딛고
만년설 뒤덮인 정상까지 가자
거기서 너와 나
결투를 하자

사생결단 그쯤을 넘어서서
영혼의 등가(等價)인
사람의 진실 겨루어 보자
참말로 죽기 아니면
사랑하겠느냐
참말로 죽기 그 아니면
살아 내겠느냐

가려거든 가자
화약가루 자욱한
땡볕에라도 나서자

2
너의 권리는 끝났다
시험장의 학생이
두 번 답안지를 낼 수 없듯이
너도 한 번뿐인 기회를
써 버린 게야
평점에 이르기를
한 남자를 행복하게 못했으며
여타 이에 준한다는구나

이제부턴
후회와 둘이 살면서
스스로 판결한 벌을 섬길지니
즉 두 번 다시
이 세상에
손 내밀지 마라

고요

이젠 말을 버릴까 싶네
몇백 년 늙어 버린
말과 울음에게
가서 쉬어라 가서 쉬어라고
거대한 하늘물뿌리개
봄비 적시는 이 날에
작별하고 싶네

겨우내 노래하던 새
묘지에서도 노래하던 새
몇백 년 더 그럴 양으로
성대가 더욱 트인
새여 노래여
날아가거라 날아가거라고
손짓해 보내고 싶네

소리내는 모든 건
내 하늘에서 석양으로 저물어 가고
청징한 고요 하나
남은 삶의 실한 고임돌였으면 싶네

나무들 · 5

무게를 견디는 자여
나무여
새둥지처럼 불거져 나온 열매들을
추스리며 추스리며
밤에도 잠자지 않네

실하게 부푸는 과육
가지가 휘청이는 과실들을
들어 올려라
들어 올려라
중천의 햇덩어리
너의 열매

무게가 기쁨인 자여
나무여
늘어나는 피와 살
늘수록 강건한 탄력 장한 힘이더니
그 열매 추수하면
이 날에 잎을 지우네

잠

그의 잠은 깊어
오늘도 깨지 않는다
잠의 집 돌벽 실하여
장중한 궁궐이라 하리니
두 짝 문 맞물려 닫고
나는 그 충직한 문지기라

숙면의 눈시울이여
평안은 끝없고
만상의 주인이신 분이
잠의 은사(恩賜)를
그에게 옷 입히시니
자장가 없이도 잠은 더욱 깊어라

그의 잠은 깊고
잠의 평안 한바다 같아라
잠의 은사를 배례하리니
세월이 흘러 내가 잠들 때까지
잠을 섬기는
나는 그 불침번이리

아버지

아버지가 아들을 부른다
아버지가 지어 준 아들의 이름
그 좋은 이름으로
아버지가 불러 주면
아들은 얼마나 감미로운지
아버지는 얼마나 눈물겨운지

아버지가 아들을 부른다
아아 아버지가 불러 주는
아들의 이름은
세상의 으뜸처럼 귀중하여라
달무리 둘러둘러 아름다워라

아버지가 아들을 부른다
아들을 부르는 아버지의 음성은
세상 끝에서 끝까지 잘 들리고
하늘에서 땅까지도 잘 들린다

아버지가 불러 주는
아들의 이름은
생모시 찢어 내며 가슴 아파라

바람 세례

도시의 소음을
용케도 빠져 나와
숲에 당도한 바람
잎을 지운 나무들 옆에
한 둘레 바람 병풍
이루었어라

서걱서걱 얼면서
주룩주룩 흐르면서 하는
나무 속
새하얀 피의 펌프질을
눈 감고 듣는 바람
그 밖의 일에선
손을 가른 바람

지상의 나이 든 이들 중
맏형인 바람
맏형의 심정
그 한 주름을 머리꼭지서부터
서서히 쏟아 흘리리

바람 생수(生水)

바람 생수로
세례 받으리

이인칭

여자 한평생
꿈에나 생시에나
옷고름에 꿰어 찬
옥 같은 소원 하나,
이인칭의 이름 하나,
지녀 줄 이 없어
서럽다 서럽다더니

세월 따라 낡아지는
의관 한 벌도
누구 입어 줄 이 없어
덧없다 덧없다더니

오뉴월 산역(山役)에
생피 한 동이 쏟고 난 후
그 한(恨)이 풀렸는가
어디에도 가지 않는
임 하나 챙겼는가

밤 기도

하루의 짜여진 일들
차례로 악수해 보내고
밤 이슥히 먼 데서 돌아오는
내 영혼과
나만의 기도 시간

"주님" 단지 이 한 마디에
천지도 아득한 눈물

날마다의 끝 순서에
이 눈물 예비하옵느니
남은 세월 모든 날도
나는 이렇게만 살아지이다
깊은 밤 끝 순서에
눈물 한 주름을
주님께 바치며 살아지이다

새벽에

나의 고통은
성숙하기도 전에
풍화부터 하는가
간밤엔 죄책 없이 잠들어
평온한 새벽을
이에 맞노니

연민할지어다
나의 몰골이여

다른 사람들은
고난으로 새 삶의 효모와 바꾸고
용서하소서
용서하소서
맨몸 으깨어 피와 땀으로 참회하고
준열히 진실에 순절하되
목숨 질겨서 살아남는 것을

나의 고통은
절상(切傷) 순간에
얼얼하게 졸면서
죄와 가책에도 아프면서 졸면서

지난밤도 백치처럼 잠들어
청명한 이 새벽에
죽고 싶도록
남루할 뿐이노니

겨울에게

들어오너라
겨울,
나는 문고리를 벗겨 둔다

삼복에도 손발
몹시 시리던
올해 유별난 추위
그 여름과 가을 다녀가고
너의 차례에
어김없이 달려온
겨울, 들어오너라

북극 빙산에서
살림하던 몸으로
한 둘레 둘둘 말은
얼음 멧방석쯤은 가져왔겠지
어서 펴려무나
겨울,

울지도 못하는
얼어붙은 상처
얼얼한 비수 자국

아무렴 투명하고 청결한
수정 칼날이고말고
거짓말을 안 하는 진솔한
너의 냉가슴이고말고

아아 그러면서 다가올 새봄을
콩나물시루처럼
물 주며 있고말고

하여간에
들어오기부터 해라
겨울,

다시 겨울에게

이 모두 너의 책 속의
빛나는 글씨더냐
겨울.

땅속에 잠든 이
빵 없이 족하고
땅 위에 머무는 자는
말을 버림으로
가슴 맑아지는 이치를

울더라도 소리는 없이
수정판 아래 눈물 흘리는 겨울 강과
얼어 서걱이며
보행도 어려운 바람들,
추운 것끼리 서로 껴안으면
연민하는 대지가
이들을 겹겹 안아 주느니

해 저물면
땅속에 잠든 이
등불 없이 족하고
땅 위에 머무는 자도

별빛으로 넉넉해라

광막한 시공에선
그와 내가
한 이불 속이라 일깨우느니
이 모두 너의 책 속의
아린 빗살 그 글씨더냐
겨울.

겨울 꽃

1
눈길에 안고 온 꽃
눈을 털고 내밀어 주는 꽃
반은 얼음이면서
이거 뜨거워라 생명이여
언 살 갈피갈피 불씨 감추고
아프고 아리게
꽃빛 눈부시느니

2
겨우 안심이다
네 앞에서 울게 됨으로
나 다시 사람이 되었어
줄기 잘리고 잎은 얼어 서걱이면서
얼굴 가득 웃고 있는
겨울 꽃 앞에
오랫동안 동이 났던
눈물 샘솟아
이제 나
또다시 사람되었어

달밤

문을 조금 열어 주면
너는 어스름 들여다본다
문을 좀더 열어 주면
거뭇한 역광으로
안을 내내 들여다본다

두 짝 대문 다 열었더니
너는 들어오지 않고
하늘 높이 솟아올라
비단피륙만 드리우네

옛날의 사람 하나도
너처럼만 하더니만
제 몸은 아니 오고
피륙 한 필 풀더니만

옛날 봉서(封書)

설날엔 오세요
열린 대문으로
바람 먼저 들어설 때
바람 입고 다니시는
당신도 오세요

서른 해 타관살이
어느 길목 어느 땐들
내 가슴 위가 아닌
흙이야 밟으셨나요

설날엔 오세요
세배손님 주안상에
낡은 문갑 곁들여
그 안에 옛날 봉서
호호백발 누웠는 거
이젠 펴 보셔도
괜찮겠지요 괜찮겠지요

그대 세월

그대 헐벗었던 유년기
전란의 소년기
돌을 져 나르던 청년기
불과 얼음이 번갈아 손을 잡던
형벌의 긴 장년기
그 풍진 다하여
마침내 보통 날씨
그대 초로(初老)

그러나
괜찮다 괜찮다 괜찮다
그 모든 세월에
허리 굽혀 절하는
여자 하나 있잖니

풀

그리하여
예 섰게 되었네요
오랜 날의 추위를
흙 속에 비벼댄 연초록으로
그 더욱 먼저엔
바람에 날리는 풀씨던 걸

더 위로 더 새파랗게,
더 위로 더 새파랗게,
누가 구령하나요
눈뜨고 마음 열고,
눈뜨고 마음 열고,
누가 호각 부나요

광명한 염색 겹겹 옷 입어
거뭇거뭇 진초록의 풀단이 되었네요
삼복 줄곧 여기
땡볕 줄곧 여기에
새 풀씨 영글리며
튼실한 뿌리 내렸네요
이젠 완벽한 풀이네요

머스마

나를 찾아온
한 머스마

그 뭐랄까
무량만감 울음 터뜨릴 듯이
내 한평생 이순의 여자까지를
한눈에 바라보고
한 아름에 보듬는
묘한 표정을 짓는구나

자욱하고 아득한 것이어라
사람을 이름 부를
명사, 대명사도
진작에 동이 나 버렸기에
이 아이 불러 줄
이름도 하나 없이
지나치게는
시야만 화려하고
황송 민망하구나

아름다운 세상

신을 위하여
아름다운 세상을.
보이지 않는 깊고 높은 것
그 확신을 위하여
아름다운 세상을.

사람을 위하여
사람들의 마음을 위하여
고독한 의지와 사랑
준령의 등반을 위하여
아름다운 세상을.

생명 있는 모든 것을
먹이고 기르는 자연을 위하여
죽은 후에도 영원히 안아 주는
대지를 위하여
땅의 남편인 하늘을 위하여
아름다운 세상을.

태어날 아기들과
미래의 동식물을 위하여
이름 없는 거

잊혀진 거
미지의 것을 위하여
가급적 다수를 위하여
그러고 보니 모든 걸 위하여
아름다운 세상을.

막달라 마리아 · 3

나 기도 드릴 때면
주의 몸그림자 안에
일렁이는 빛살무늬로 돋아나는
한 여인을 본다

돌도 사위고 말
이천 년의 세월
이천 년 줄곧 타는
불화로의 가슴 그 여자
언제 어디서나
주를 따라 맨발로 달려가는
머릿단 길고 검은
유태 여자

당할 수 없어
죄와 통회와 큰 울음인 여자
전령(全靈)이
불에 탄 상처자국인
막달라 마리아만은 도저히
어쩔 수 없어

기죽어 엎뎌 있는 나여
죄와 통회와
나의 큰 울음은
어느 하늘 끝에 뉘일 것인가

바람에게

이젠 예 와서
안식하려느냐 바람이여

줄곧 달리기만 하고
이별하기만 하고
누구도 못 해낸 일
온갖 세상 혼자 다 보고 와서
피멍과 어지럼병
혼자 다 앓고 나서

성에동산 얼음꽃나무
수정알갱이들에
일일이 입술 대이다
얼어 버린 바람이여

헹구고 헹군
무명빨래 같은 하늘.
소금발 곱게 눈 내리는 날씨.
이 안에 갇혀 처음으로
허리 펴고 누웠느냐

바람
바람
유리옷 입은 바람이여

고백

1
침묵을 깼다
그 달가웠던 것을
그리하여 하늘만 한 죄를 지고
허리 굽어 사노니
지는 해를 안고 간
사람 하나
그림자 하나
뒤따른 바람 하나
다시는 못 만났노니

2
그녀의 사랑 그가 용서하고
사랑 없는 그를 그녀도 용서하며
혹여는 이와 반대일 때도
그들 서로 용서하며
살아 있는 한
이렇게들 외로워 보아라

문

그들 먼 길을 갑니다

그간에 갖가지 일진과
여러 산하를 넘었습니다
그간에 누에 제 몸 헐어 풀어내는
명주 실타래 동이 나고
바슥바슥 떨구이는
모래시계 억만 모래 낟알도 동이 나고

그간에 크고 작은
출입문을 지났으며
마지막 출입문도 지났습니다
거듭 말하거니와
마지막 출입문도 지났습니다

그들 먼 길을 갑니다
언제 어디엔가 그 다다르는 곳에
다음 세상이 열리는
문 하나 더 있겠지요

풍경

땀에 절어 드러눕던
한여름의 영혼은 일어서서 가고
두고 간 자리 예대로 남아 섰는
나무들

으스름 해 저물 녘
하늘을 가로지르며
새들 제 둥지에 돌아오고
솨, 솨, 솨, 바람들 문간에 둘러서고
그 사이 나무들은
머리 감아 헹구고
모두 함께 저녁예배를 드린다

미사곡 울리며
주기도문을 바치고
어둠이 한 켜 한 켜 포개어져
하늘까지 닿으면
촛불 대신으로
마음들 짝지어 환하게 부둥켜안고
온밤 내 이슬 내려
마음들 목욕한 살결 되고
동이 트면 어느새
가을이 당도해 있네

겨울 그리스도

오늘은
눈 덮인 산야를 거닐으시네
눈같이 흰 옷 입으시고
눈보다 더욱 흰 맨발이시네

그 옛날
물 위를 걸으시던
강줄기도 얼어
유리와 수정의 빙판
바늘 솟히는 한기(寒氣)의
그 위를 거닐으시네
희디흰 맨발이시네

울고 싶어라
머릿결도 곤두서는
율연한 추위에
뭍과 바다의 깊은 곳으로부터
보혈을 섞어 빚은
새봄의 혈액을
한없이 한없이 자아 올리시는
설일(雪日)의 주님

새벽 외출

영원에서 영원까지
누리의 나그네이신 분
간밤 추운 잠을
십자가 형틀에서 주무시고
희뿌연 여명엔
못과 가시관을 풀어
이 날의 나그네길 떠나가시네

이천 년 하루같이
새벽 외출
외톨이 과객으로 다니시며
세상의 황량함 품어 뎁히시고
울음과 사랑으로
가슴 거듭 찢기시며
깊은 밤 십자가 위에
돌아오시어
엷은 잠 청하시느니

아아 송구한
내 사랑은 어이 풀까나
이 새벽에도 빙설의 지평 위를
청솔 바람 소리로 지나가시는

주의 발소리
뇌수에 울려 들리네

어떤 그림

하얀 도화지에
노란 새장 그려져 있다
새장문 열려 있어
푸른 하늘 긴 허리띠가
안팎으로 너울대고
그 안에 부리 고운
두 마리 새

날아오를 테지
날아오를 테지
청청하늘이 허리띠 한 끝 주고
잡아당기는데
날개 끝만 걸치면 날아오르리
하늘 따라 오르리

노래하는지 아닌지
서로 속삭이는지 아닌지
그건 몰라
날아오를까 아닐까
새장에 머무를까 아닐까

그건 몰라
소리 없는 세상
그림 속의 두 마리 새

자유로운 선택
자유로운 사랑

하늘 아무리 고향인들
세월 아무리 유수인들
새장 안의 두 마리 새
날아가지 않고
서로 마주 보기만
마주 보기만

나의 시에게 · 1

이래도 괜찮은가
나의 시여
거뭇한 벽의 선창(船窓) 같은
벽거울의 이름
암청의 쓸쓸함
괜찮은가

사물과 사람들
차례로 모습 비추고
거울 밑바닥에
혼령 데리고 가라앉으니
천만 근의 무게
아픈 거울근육
견뎌내겠는가

남루한 여자 하나
그 명징의 살결 감히
어루만지며
부끄러워라 통회와 그리움
아리고 떫은 갖가지를
피와 주언(呪言)으로
제상(祭床) 바쳐도

나의 시여
날마다 내 앞에 계시고
어느 훗날 최후의 그 한 사람
되어 주겠는가

겨울과 봄의 노래

노래 부르려 말고
노래 들으려무나 시인이여
그대 어느 노래로도
못내 불러 온 봄은
때 이르러 스스로 당도하였도다

지난 겨울 눈 덮인 벌판에서
아기를 해산하신
겨울의 노래
그 아기 실하게 자라난
새봄의 노래로다

그러하니
그대의 찬미가는
공연히 조금
귀여운 짓거리라네

이 시대 만능의 기계문명으로도
채울 수 없어 허허로운
사람들 마음밭에
씨곡식 움터서 수북이 자라는 노래
하늘이 공짜로 복 주시는
그 찬연한 노래 노래로다

평안을 위하여

평안 있으라
평안 있으라
포레의 레퀴엠을 들으면
햇빛에도 눈물난다
있는 자식 다 데리고
얼음벌판에 앉아 있는
겨울 햇빛
오오 연민하올 어머니여

평안 있으라
그 더욱 평안 있으라
죽은 이를 위한 진혼 미사곡에
산 이의 추위도 불 쬐어 뎁히노니
진실로 진실로
살고 있는 이와
살다 간 이
앞으로 살게 될 이들까지
영혼의 자매이러라

평안 있으라

한란(寒蘭)

사람의 영혼은
너무 오래 기쁨에 굶주리면 안 된다고
암암한 절망에
위안의 꿀을 섞으시는
능하신 그 어른이
옷소매 잠시 스치신 일로
여기 지금
애처로이 장한
한란 벙그는구나

다시 봄에게

올해의 봄이여
너의 무대에서
배역이 없는 나는
내려가련다
더하여 올해의 봄이여
너에게 다른 연인이 생긴 일도
나는 알아 버렸어

애닲은지고
순정 그 하나로
눈 흘길 줄도 모르는
짝사랑의 습성이
옛 노예의 채찍자국처럼 남아

올해의 봄이여
너의 새순에 소금가루 뿌리러 오는
꽃샘눈 꽃샘추위를
중도에서 나는 만나
등에 업고
떠나고 지노니

하느님의 동화

절망이 이리도 아름다운가
홍해에까지 쫓긴 모세는
황홀한 어질머리로 바다를 본다

하느님이 먼저 와 계셨다
이르시되 너의 지팡이로 바다를 치면
너희가 건널 큰 길이 열릴 것이니라

하느님께선
동화를 쓰고 계셨다
지팡이 끝이 가위질처럼
바다를 두 피륙으로 갈라
둥글게 말아 올리며
길을 내는 대목,
동화는 이쯤 씌어지고 있었다

모세의 지팡이
물을 쳤으되
실바람 한 주름만 일 뿐이더니
일행 중의 한 사람이
물속으로 걸어 들어가자
그 믿음으로 길이 열려
그들이 모두 바다를 건넜다

홍해 기슭 태고의 고요에
홀로 남으신 하느님,
오늘의 동화는 괜찮게 쓰인 편이라고
저으기 즐거워하신다

황홀 그 노래

못 믿을지언정
등 뒤에 분명 그윽한 눈길
꿈속일지도 모를
남루한 내 옷깃에
옥수 물보라 적시는 일

고개 돌려 보면 알 테지
아니야
한번 돌아본 탓에 소금기둥 된
롯의 아내처럼 될 텐가
아니야

송구하고 황홀하여
차마 못 믿을지언정
눈 내리듯 조용히 임하신
한 어른이
문설주 끄르시고
등 뒤에 가득히
달밤으로 넘치심을

눈물

눈물이 보고 싶을 땐
텔레비전의
어린이프로 앞에 앉는다
명작동화의 움직이는 그림 속은
너무나도 아름답고
착한 어린이가 슬퍼지면
청유릿빛 새맑은 눈물이
크게크게 부풀었다가
유리실타래처럼 흘러내린다

하느님 나라
꽃 포기 속의 이슬이
바람에 흔들렸음을 알 수 있다
내 마음도 맑아지고
다시금 세상이
아주 좋은 곳으로 여겨진다

독신자

천문의 신비를
누가 헤아릴까마는
태초에 물질과 반물질이 만나
빛을 발하는 별들이 되었으며

지구는
스스로 빛이 없고
반물질을 만나지도 못해
태양의 둘레를
자전하게 되었다 한다
이를테면 짝이 없어
혼인 한 번 못해 본
영원한 독신자인 셈이다

이 혈통을 이어
사람의 마음 안에
비밀스럽게 선험적인
독신자의 실감이 흐르고

자잘한 거품 같은
고독의 씨알갱이들이
아름다운 미생물의 번식을
이 시각까지
멈추지 않는다

어떤 소년

꽃배달처럼
나의 병실을 찾아온 소년에게
내 처지 지금 감방 같다 했더니
그 아이 말이
저는 어디 있으나
황무지며 사막이에요, 란다
넌 좀 낙관주의자가 돼야겠어
놀라는 내 대꾸에
그건 비관주의보다 더 나쁜 거예요
헤프고 바보스럽고
맥 빠져 있으니까요, 란다

아이야
천 길 벼랑에서 밑바닥 굽어 본 일
벌써 있었더냐
온몸의 뇌관(雷管)들이 저려들면서
허공에 두 손 드는
시퍼런 투항도 해보았더냐

더하기로는
심장 한가운데를 쑤시던
사람 하나가
날개 달아 네 몸 두고 날아갔느냐
······아이야

성냥불

눈도 배고픔 타는 것
바라봄의 굶주림이 한정을 넘으니
공기조차 맵고 아리다

안데르센의
성냥팔이 소녀가
이승의 마지막 밤에
음식과 집과 그리운 할머니를
눈앞에 불러낸
일념의 성냥불

나도 그렇듯이
일념으로 화약지에 성냥골 그으니
불이어라
명멸의 그물을 짜는
불빛무늬여라

다만 내 보고 싶은 이는
기어이 오지 않고
가장자리가 말려든

얇은 빛 둘레 속에
가여운 성냥팔이 소녀
그 혼령만 서리는구나

얼음 이야기

서양의 사랑은
활활 불타서 재를 남기고
동양의 사랑은
서로 스치며 녹아 물이 되어
하나에 이른다고
누군가 말했었다

남, 북극의 만년설은
유독 선명한 청옥빛이며
이를 수입한 나라들에선
작게 썰어 칵테일잔에 띄운다는데
보통 얼음보다 네 배를
더디 녹으며
수정주사위 같고 신기하여
사람들은 술도 잊은 채
바라본다던가

광석이면서 본질은 물이라
차갑고 투명한
물의 곤충들이
빽빽이 붐비며 꿈틀대고
실오리만 한 균열에도

몸을 푸는 물방울들이
작은 운하처럼 운집하리라
소리 없이 움직이는
공장 같으리

두 얼음 세 얼음이
스치고 녹아 물이 되어
끝내 하나에 이르듯
우리도 그리 된다면 좋을 것을
……사람아

백사자

백사자는 신비함 자체라는구나
온몸 눈 같은 흰빛으로
신기루인가, 꿈속인가
설풋 잠시만 보이는 거래

그러면 눈의 영광
이승의 삶에선 이게 최고라는군
그러나 이 사실 절대 비밀로 해야 한대
천기누설 큰일만큼
천지이변(異變)을 불러오는 일이래

백사자 한 번 보고 지고
백사자가 둔갑한 남자도
한 번 보고 지고
놀랄 일 많아서 놀라지 않는
지금 세상에
백사자 보았어 백사자 보았어라고
놀라는 재미 불 지르고 싶어
잠자던 종들 모두 울려
온 세상에 종소리 채우고 싶어

천기누설 큰일이
어떤 것인지도
사건에 굶주린 이순의 여자는
부디 한 번 당해 보고 싶어

모비딕

모비딕은 흰 고래
아니 요동치는 섬이요 숲이다
그 몸에 깊이 박힌
창과 작살들이
하세월 피와 녹물을 흘리건만

산같이 우람하고
번개처럼 민첩한 그를
죽일 수 없고 죽지도 않는다

천하제일 암울한 열정의
맞수가 되어 줄
등가(等價)의 영혼은
망망대해 어디에 있는가

그간에 에이하브 선장도 가고
부친인 멜빌마저 떠났거늘
혼자 남아
천하제일 장엄한 고독인
흰 고래 모비딕

자취

임의 거문고의
실금줄 한 오리여도 족하리
임의 대금피리의
잔숨결 한 번이어도 족하리
임의 옷깃 스치인
가멸한 풀향쯤이어도
내 희로애락의
채색 실타래 풀게 하리니

한밤중 옹기물동이에
달빛 망사 덮이고
찰랑이는 옥수에
하르르 하르르 일렁이는 물무늬까지
시도 때도 없이 벙그는
이 세상 모든 아름다움은
낱낱이 임의 자취일 것이네

광야

오늘 이미 저물 녘이니
나의 삶 지극민망하다
시를 이루고저 했으되
뜻과 말이 한가지로 남루이었을 뿐
생각느니 너무 오래
광야에 가 보지 못하였다

그곳은 키 큰 바람들이
세월 없이 기다려 있다가
함께 말없이 오래오래
지평을 바라보아 주는 곳
그러자니 어른이 좀 되어 돌아오는 곳

삶의 가열한 반의 얼굴,
혼이 굴종당하려 하면
생명을 내던지고 일어설 계율을
이 시대 동서남북
어느 스승이 일깨워 주는가

어느덧 나는
사랑을 말하지도 않고
번뇌하는 두통과도 헤어져

반수면의 수렁에서
안일 나태한 나날이다가
절대의 절대적 위급이라는
음습한 독백에 부대끼노니

필연 광야에 가야겠다
그곳에서 키 큰 바람들과
말없이 오래오래 지평을 바라봐야겠다
눈과 머리와 가슴과
지쳐 드러누운 내 영혼까지
다 함께 거기에 있어야겠다

깃발

깃발은 왜 외로운가
높이 솟아 쉼없이 펄럭이면서
홀로 있는 것
친구여 그대는 깃발이어라
온 세상이 그 이름을 부를 때에도
다만 혼자서 매순간의 준령을 넘는
그대는
불과 이슬을 흘리며 날아오르는
새벽 새의 영혼이어라

극동의 아침을 여는
서울 코리아에서도
우리는 하늘과 땅의 중간쯤에
오로지 사람의 최선
그 피와 땀으로 휘날리는
깃발들의 숲

친구여
깃발은 왜 외롭고 장엄한가
우리는 왜 깊이 서로를 사랑하는가

— 88 올림픽 선수 수첩에

새

새는 가련함 아니어도
새는 찬란한 깃털 아니어도
노래 아니어도
무수히 시로 읊어짐 아니어도
신의 신비한 촛불
그 따스한 맥박 아니어도
탱크처럼 육중하거나
흉물이거나 무개성하거나
적개심을 유발하거나
하여간에

절대의 한순간
숨겨 지니던 날개를 퍼득이며
창공으로 솟아오른다면
이로써 완벽한 새요
여타는 전혀 상관이 없다

만듦과 만들어짐

바늘이 천을 찌른다
천은 찔려서 아파하지만
겨우 옷을 한 벌 짓기는 한다는
강정중(姜晶中)의 〈바늘의 노래〉

실에 꿰인 바늘이
촘촘히 천을 뚫어 내고
달군 불인두도 수없이 지나가는
지극 참담함에서랴
옷이 한 벌 지어지련마는

날이 선 가위질에
혈관들 무참히 잘리우고도
바늘과 불인두나마
못 만나는
버린 천조각들
더욱 허망하여라

옥으로 깎는 지환,
살결 도려내는 피리,
껍질 벗기는 사과에 이르기까지
만듦과 만들어짐은

비정 잔혹함인 것을
그 몸서리 내게 씌워
아뿔싸 내가 바늘에 찔리는구나

동반자

야행열차 흐린 전등 아래
그대 나와 함께 있었어
앞뒤 아니면 옆자리엔가
그대 분명 거기에 있었어

먼 길 오며 지친 몸 쉴 때나
사람홍수 헤치며
별달리 다급하던 외로움에서도
설핏이 그대 모습을 보았어

일상의 망설임과
중심을 가늠하는 어눌한 궁리에도
누군가 도와주었어
가슴 안의 적막한 길을
누군가 지나갔어 바로 그대였어

이제야 내 삶의 무게 다 얹어
남김없는 상차림으로 바치노니
오랜 세월
나의 그 사람이던 이여

오늘은
백일하에 그대를 맞아
맞절하고 싶노니

마지막 편지

내 마지막 편지는
못 보낸 봉서(封書),
사계절 몇 둘레가
젖은 맨발로 이슬 털며 다녀가도
아직 아니라
흰 살결 먹물 문신
옷 벗을 날 그 아니라

실타래 길게 푸는
바람과 햇빛 그리고
사람들의 마음,
처음 물꼬를 트는 강물이
붉은 흙탕물 갈아입고 갈아입어
기어이 수정 물빛 되듯이
천만번뇌 다 갚아 주고 남는
사람들의 사랑,

그 하나의 사연을
여기 담았으되
아직 아니라, 아니라고

봉함 속에 옷깃 여미고 누웠느니
아아 너무나 늙고
영원히 젊은
내 마지막 편지

몸살

한 편의 시에는
시보다 먼저 오는
시의 몸살,
하물며 천의 더듬이
만의 민감성인 삶에서랴

미풍에도 몸을 떠는
들풀 하나까지
그거 돋아나는데 몸살
그거 바라보는데 몸살

나만이 이런가
세상 사람 다 같은가
하늘지붕
바람병풍
몸살번개 천둥 치고
원자의 불티, 불티,

아직도 살결에 화상 입는
아직도 그 허락이 많이 남은
삶의 몸살일래
재주 없이 이어가는 노릇
오늘은 지독한
시의 몸살인 것을

그 밖의 사람들

가난한 이와 병든 이
감옥에 갇힌 이를 위해 기도하라고
성교회의 높은 강단에서도
거룩하게 깨우쳐 온
수십 년이니
넉넉히 동서남북에 퍼지고
하늘에도 상달되었겠지요

그러하니 오늘은
그 밖의 사람들을 위해 기도합니다
굶주리거나 병들지 않았으며
감옥에 갇히지도 않은
특징 없는 보통사람들

자고 깨면 일하고
그럭저럭 무병하며
참는 일 능사로만 알아 온
사람들도

고달픈 삶이랍니다 하느님
위로가 필요하답니다 하느님
때로는 온밤을

울음 운답니다 하느님
수줍고 은밀하게
사랑을 갈구하며
식수처럼 날마다 사랑을
마실 수 있으면 좋겠다고……
오오 하느님

작은 기도

용서하소서 용서하소서라고
오늘도 제 기도는 이 말의 되풀이나이다
하오니 용서 못 하시어도
필연 그렇게 해주소서 주여

저에게 타관에만 나도는
연인이 있고 그러나
그 영혼이 제게 늘 머문다면
죽기살기의 한과 노여움도
죽기살기로 용서하겠나이다
나 죽은 후에라도 혹여 그가 올까
외등을 밝혀 두라 이르겠나이다
그렇듯이 저에게 해주소서
주님께 제가 바로 그 사람이나이다

피막 여린 날개론
불 무서워, 근접을 못 하듯
저는 못 고칠 소심증

242

주께선 너무나도 세찬 광휘
이런 연고로 늘그막 오늘까지
먼발치 외곽만을 골라 밟는
타관의 남루이나이다

용서하소서 용서하소서
주께서 주시는 중에
제일로 온화한 은총인
용서 그 하나를
오늘도 내일도 눈물과 땀으로
청할 뿐이나이다 주여

성서

이 먼 나라
호텔의 서랍 속에
성서 한 권,
이분을 여기서 만나는구나

가슴에 품어 안으니
두 몸의 치수가 숙연히 잘 맞아
이분과 함께 편안하구나

지금 조용하고 우리 둘뿐이니
어떤 고백도 울음도 서슴지 말라시는
희한하게 감미로운 분이시구나

세계의 어느 여숙에도
이분이 기다려 계심으로
모든 나그네
허행의 발걸음이 아니고
확고히 도착하는
그 사람 되는 것을

참회

사랑한 일만 빼고
나머지 모든 일이 내 잘못이라고
진작에 고백했으니
이대로 판결해 다오

그 사랑 나를 떠났으니
사랑에게도 분명 잘못하였음이라고
준열히 판결해 다오

겨우내 돌 위에서
울음 울 것.
세 번째 이와 같이 판결해 다오
눈물 먹고 잿빛 이끼
청청히 자라거든
내 피도 젊어져
새봄에 다시 참회하리라

풀에게

니네들 지금 뭣하는 짓인가

대지의 살결에
등뼈를 곧게 세우고
기쁜 초록빛
해일로 해일로 일렁이면서
수상쩍게 고요하기만

예수의 몸을 치던
서른아홉 번의 채찍,
그 서른아홉 번을 낫으로 잘라도
퍼렇게 환생하는
대지의 연인
정녕 못 말릴 순정이로구나

햇빛 가루 속에
몰래몰래 풀씨 섞어
휘파람 날리면서
초록의 피 질펀히
초록빛 전율 한바탕이로구나

참깨 쏟아지듯
작도칼날에서도
새 씨알 부스스 부스스 떨구이는
니네들, 풀들

장엄한 숲

삼천 년 된 거목들의 숲은
겨우내 끝이 안 보이는 설원(雪原)
나무들은
그 눈벌에 서 있습니다

어느 겨울
그중의 한 나무가
눈사태로 쓰러질 때
하느님이 품속에 안으셨습니다
나직이 이르시되
아기야 쉬어라 쉬어라……

하느님께선
이 나무가 작은 씨앗이던 때를
기억하시며
거대한 뿌리에서 퍼져 나간
젊은 분신들도 알으십니다

쉬어라 쉬어라고
하느님의 사랑은 이 날
자애로운 안도이셨습니다
가령에 삼천 년을 노래해 온

새가 있다면
쉬어라 쉬어라고 하실 겝니다
이 나무 기나긴 삼천 년을
장하게 맥박 쳐 왔으니까요

레드우드 품종의
그 이름 와워나*로 불리는
이 나무는
세상에서 가장 복된 수면이요 안식이며
이후 삼천 년 동안
그는 잠자는 성자일 겝니다

---

* 미국 캘리포니아 요세미티 공원의 삼천 년 된 거목 중의 하나로, 1986년 눈사태로 쓰러졌으며 그 모
  습대로 영구 보존중이다.

무제 · 2

1
그대가 나에게 처음으로
그대에게 내가 처음으로
산자락 개울가 정갈한 외딴집에
새 기름 새 심지로
불 켜고 마주 보는 그들이고저

2
그대가 나에게 마지막으로
그대에게 내가 마지막으로
쓰다 헐어진 헌 기름등잔에
알갱이 겨우 남은 성냥으로 불 켜고
남루야 어쨌거나
간절히 마주 앉는 그들이고저

희망학습

총탄이 몸에 명중했다
살을 꿰뚫는 얼음번개의 얼얼한 상처,
한데 죽지 않았다

머리에 총 맞지 않았으니
아직 살아 있고
생각하는 일 가능하리라
가슴에도 총 맞지 않았으니
아지 살아 있고
사랑하는 일 가능하리라

이런 까닭으로
한국인들
다시금 희망의 학습을 시작한다

좋은 것

좋은 건 사라지지 않는다
비통한 이별이나
빼앗긴 보배스러움
사별한 참사랑도
그 존재한 사실 소멸할 수 없다

반은 으스름, 반은 햇살 고른
이상한 조명 안에
옛 가족 옛 친구 모두 함께 모였느니

죽은 이와 산 이를
따로이 가르지도 않고
하느님의 책 속
하느님 필적으로 쓰인
가지런히 정겨운 명단 그대로

따스한 잠자리,
고즈넉한 탁상등,
읽다가 접어 둔 책과
옛 시절의 달밤,
막 고백하려는 사랑의 말까지
좋은 건
결코 사라지지 않는다

사람 세상에 솟아난

모든 진심인 건

혼령이 깃들기에 그러하다

새해 · 2

송년의 바람이
냉수에 목욕, 얼음에 소독된 후
병원 회전의자에 몸을 맡긴다
진맥하여 처방을 줄
의사는
그러나 출타하여
의사의 의사이신 어른을
뵈옵고 있다

어른께서
의사를 고쳐 주시면
의사가 바람을 치유하고
바람이 나를
의자에 앉히리라

그런 다음
부디 새해가 오기를

봄날 · 2

임의 두레박줄은
하도 길어서
천 길 벼랑에서 물 길어
올리시고

임의 두레박줄은
하도 실하여
산의 꼭두의 옹달샘을
채우시는데

햇빛 내려와
여른여른 목욕하면
수증기의 주렴과
그것 건드리는 아지랑이
아지랑이

이쯤으로도 봄 선물 놀랍거늘
임의 솜씨 더 무슨 조화
보여 주실지
그저 황송하기만

막달라 마리아 · 4

당신에게선
손발에 못 박는 소리
아슴히 들립니다

사랑하는 분이
눈앞에서 못 박혀 죽으신 후
당신 몸은 못 박는 소리와
그 메아리들의
소리 사당입니다

세상에서 가장 강한 건
고통입니다
고통의 반복 앞에 서는
율연한 공포입니다
그래도 사랑하는, 사랑입니다

사리(舍利)를 쌓아
태산을 이룰 때까지
선혈을 탈색하여
증류수의 강으로 넘칠 때까지
천지간 오직 변치 않는 건
죽음과 참사랑뿐

하여 당신에게선
어느 새벽 어느 밤에도
손발에 못 박는 아픔
그치지 아니합니다

지뢰밭

지뢰밭에 들어섰다
(꼭 그런 느낌이다)
앞뒤 좌우에서 지뢰가 터진다
(꼭 그런 참상이다)

더 심각한 일은
날마다가 지뢰밭의 초입이며
지뢰의 품종도
크레용 상자 속의
그 현란한 색깔만큼
화려다양한 점이다

지뢰엔 각기 명패가 붙어
〈경제〉라는 지뢰가
특히 위험하다는 판결문 게시판에
모두의 시선이 쏠린 동안
여타의 지뢰들은
아무 때 아무 데서나
폭발할 일만 남았다
(꼭 그런 공포이다)

그러면서 지금
겨울 햇빛이 아름답다고 여기는
사람의 감수성이
야릇하게 조금 기쁘다

마라토너

1

달리는 마라토너를 보라
아침에 입은 새 옷이
백 년 풍진에서처럼 낡아지고
겨우 두 시간에
저들도 백 년을 살아 낸다

푸른 금 그인 저 길 위엔
어떤 전류가 흐르는가
매순간의 고통으로 못을 박으면
흙과 아스팔트는
뭐라고 뭐라고 오열하는가

마라토너는 누구인가
어느 냉엄한 이의 부름으로
문이 닫히기 전
한사코 문 안의 땅을 밟아야 하는
그런 사람들인가

의식과 무의식 중에
오직 달려가는 선명단순한 열정이
칼날이듯 서슬 푸른 저네들

2
마라토너들은 나를 울린다
애당초 삶이라는 어버이는 홀로 강하고
삶의 자식들은
누구라도 심히 연민스럽노니
저들은 그 중의 맏형이노니

함께 달리고 싶어라
차례로 앞세우고 싶어라
맨 끝의 사람과 그의 그림자
외로이 뒤돌아볼 때
내가 거기 있어 주고 싶어라

땀과 모래의 길을 달려
사람의 최선을 갚아 주리니
그러하고
저들을 모범으로 나도 완주자 되리라

산에 이르러

누가 여기에 함께 왔는가
누가 나를 목 메이게 하는가

솔바람에 목욕하는
숲과 들판,
앞가슴 못다 여민 연봉들을
운무 옷자락에 설풋 안으신
한 어른을
대죄하듯 황공히 뵈옵느니

지하의 돌들과 뿌리들이
이분으로 하여 강녕하고
땅속에 잠든 이들
이분으로 하여 안식하느니라고

아아 누가 나에게
오늘 새삼 이런 광명한 말씀을
일깨워 주시는가
산의 안 보이는 하반신의 산까지
두 팔에 안고 계신
한 어른을
누가 처음으로
묵상하게 해주시는가

낙서

여한 없이 늙으련다고
(당연한 말을)
글 한 줄 쓰고

사람 하나
그 영혼을 허락받은
영광도 한 번 없이(?)라고
더 한 줄을 쓴다

무엄하도다 나여
무상(無償)으로 태어나
나날이 과분 또 과분하였거늘
사람 세상의
최고 중의 최고까지
감히 탐내다니

여행지의 벤치

처음 온 나라
낯선 사람들의 공원
햇빛 반 그늘 반인 벤치에서
나른히 최면 걸려
꿈꾸는 일이나 하네
먼저 세상에서
혹은 더 먼저 세상에서
예서 만날 약속 맺었고
오늘이 그날이라
지금 저만치 그가 오고 있다거나……

금가루, 은가루도
사륵사륵 내리는
아주 특별하고 몽상적인 이 벤치는
꿈속의 꿈이어라
꿈속의 꿈에서
누군가 그 사람이
옆에 와 앉을 일이어라

시와 독자

한 해에 한 사람
십 년에 열 사람
시 쓰는 세월 오십 년에
오십 명의 독자가
한 시인의 은밀한 영혼까지
왕래한다면

그 백 년엔 백 명의 독자가
한 시인이 전하는
삶의 감동과 생애의 사랑에
아슴히 응답한다면

돌이 자라는 세월만큼
디디게 붙어나는
소수의 진정한 독자
아아 그들의 혈관 속을
맵고 순열한 혈액으로
흐를 수만 있다면

고독문답

오늘은 고독의 일로 아뢰나이다
저희는 고독의 양떼
고독에 있어서도
주께서 목자시나이까

나직이 이르시되
바로 그러하다 그리고
너희가 고독을 모른다면
어찌 사람이겠으며
내가 고독을 모른다면
어찌 신이겠느냐
너희와 나는 서로 닮았으며
언제나 함께 있다

오오 하느님
고독의 위안 바람 불고
양털 두른 듯 따스하나이다

새 천년의 식탁

새 천년에도
기도는 전날과 같으나이다
사랑의 누룩으로 부풀고
거룩한 불에 구워진 빵을
저희의 식탁에 허락하시되
저희 마음도 맛있는 빵이 되어
서로 나누게 하옵소서

새벽에 솟은 샘물에
이슬 한 켜 얹은 잔을
저희의 식탁에 허락하시되
저희 마음도 정갈한 식수 되어
서로 대접하게 하옵소서

삼라만상, 보이는 것과
흐르는 시간, 안 보이는 것까지
피 순환하며 맥박 울리나이다
온 누리 어른이시며
빵과 포도주의 주인께서
상머리에 함께 계심을
꿈처럼 어렴풋이 뵙게 하옵소서

근일단상

1

늦은 밤 대문등 앞에서
담뱃불보다 흐릿하게
잠시 내면의 외로움을 살핀 다음
초인종에 손을 대는
그 사람

2

바다를 일으켜
벽으로 세운다면
물 속의 어류들 새떼 되어 나르고
물밑에 가라앉은
네 마음 내 마음은
풋미역 내음 나는
해초 다발로나 드러날까

3

겨울 영혼은
눈 덮인 산야에도 전류를 흘려
대자연의 내장들을 맥동케 한다
지상의 죄와 슬픔은
어느 혈관을 흐르면 좋을는지

4
잊지는 말자
그러나 평화를 생각하자는
어느 칼럼니스트의
나직한 제안이
두 가지 뜻에서 나를 울린다

5
하느님은
힘을 밝히지 않으신다
우리 안에 바람 불으시되
숨어 계시며
다만 신의 확고한 의지는
늘 함께 계시는 일이다

6
어둠의 끝에 이르면
빛이 솟아난다 했는데
여기가 어둠이며 끝의 끝이니
빛이여 솟아나라
빛이여 불어나라

7
그가 있기에
내 영혼을 스스로 귀중히 여김
이런 일이
그에게도 일어나기를

8
망망대해에서
육지를 보아 내는 시력과
안전도를 살핀 다음
닻을 내리는 슬기,
다시금의 출항,
이렇게 하여 대자연의 고독을
알아 가는 일

허망에 관하여

내 마음을 열
열쇠꾸러미를 너에게 준다
어느 방 어느 서랍이나 금고도
원하거든 열거라
그러하고
무엇이나 가져도 된다
가진 후 빈 그릇에
허공부스러기쯤 담아 두려거든
그렇게 하여라

이 세상에선
누군가 주는 이 있고
누군가 받는 이도 있다
받아선 내버리거나
서서히 시들게 놔두기도 하는
이런 일 허망이라 한다
허망은 삶의 예삿일이며
이를테면
사람의 식량이다

나는 너를
허망의 짝으로 선택했다
너를 사랑한다

겨울 한강에서

겨울 강이여
너의 악보는 끝이 없구나
오늘은 결빙의 강바닥 아래
암청의 실타래들 누워 있음이
무섭고 아름답다
홀려서 저기에 잠겨드는 사람
있으면 어쩌나

배 한 척 지나갔는지
물살 파인 언저리
얼음조각 떠 있느니
아마도 탈색한 나룻배였을 게야

배에 탄 사람
삭풍에 도포자락 휘날리고
뱃전엔 얼음 갈리는 소리
서걱서걱 울렸으리
"여보세요 여보세요" 외치며
누군가 뒤쫓았을지도 몰라

내 어렸을 때 본 일본영화에선
단도로 가슴을 찌른 유혈의 딸을 업고
"여보게 게 섰거래이 제발 섰거래이……"
배에 탄 젊은이를 부르며 달려가는
백발의 아버지가 있었다

하긴 누구라도
비통하게 떠나보낸 배 한 척 있었고말고
"섰거래이 섰거래이……"
울면서 외쳤고말고

겨울 강이여
한평생의 모든 이별이
동창회처럼 모여들면 좋겠다
가앙가앙 수월래
윤무의 춤판이면 좋겠다
보름날 밤이어든 더욱 좋겠다

겨울 애상

올해 유달리
폭설에 뒤덮인 겨울
그래 따뜻해지려고
저마다 기억해 내는 가슴 하나
난파한 바다에서도
가시처럼 못 삼킬 이름 하나

나는 육십 평생을
뭘 하며 살았나
내게 와 쉬려고 혹은 영 눈감으려고
먼 세월 되짚어 찾아오는
옛사랑 하나 없으니

죄스러워라
눈과 얼음 덮인 흙의 속살에도
초록 액체의 새순들 자랄 것이어늘
사람 한평생을
허락 받아 살면서
어쩌자고 참사랑 하나조차
못 가꾸어

겨울 지나도록
이렇게 혼자
봄이 와도 다시 그 후에도
나는 혼자일 것인가

원고지

순백의 용지
붉은 칸막이
고작 이뿐인데
내 무섬증은 부풀어
둑을 넘는다

유리창에 한 발 걸친
바람도 겁먹은 바람
그간에 끄적인 숱한 글줄들은
티끌 되어 날아가고
눈도 시려 오는
새 원고지
흰빛의 광막한 벌판

그럼에도 솟아나는
글의 갈증은
지병이어라 지병이어라
절망이면서 절망 이상이어라

순백의 용지
붉은 칸막이
고작 이뿐인데

나에겐
땅 끝까지 이어진 적벽돌의
소슬한 성벽이다

옛 연인들

지난 세월 나에게도
시절을 달리하여
연인이 몇 사람 있었고
오늘 그들의 주소는
하늘나라인 이가 많다

기억들 빛 바래었어도
그 각각 시퍼렇게 멍이 든
심각성 하나만은
하늘에 닿았고
오늘에도 살아 있으니
그들 저마다
어찌 나의 운명 아닐 것인가

그 시절의 여자들은
사랑하는 이에게
손뜨개 털장갑을 선물하였으나
나만이 그거나마 단 한 번 못했으니
오랫동안 그분들
손 시려웠을지 몰라

빌고 비오니
그저 한없이
영혼 따뜻하게들 계시고
후일 우리 만나거든

그 옛날 장맛비처럼
그치지 않던 눈물 얘기도
부디 미소 지으며
나누게 되기를⋯⋯

이십세기

나는 이십세기를 사랑한다
결혼처럼 운명적으로 만나
삶이라는 교육이 시작되었고
전쟁과 죽음의 홍역밭에서
순열한 연모와
삶의 존귀를 일깨웠다

나는 이십세기를 사랑한다
그 끝모를 고뇌와
전율할 희망들을 사랑한다
새로운 문명과 심각한 정신사와
별처럼 멀고 아름답던
동시대의 인재들을 사랑한다
그들의 빛을 나누어 산 일
심히 영광스러웠다

나는 이십세기를 사랑한다
수치와 상흔들이 들쑤시면
잘못했다 잘못했다고
아아 홍수 같은 통한,
그 가슴 저린 미학을 사랑한다
새로운 세기에

교훈과 피를 수혈해 주며
세부의 세부까지 신경 울리는
그 이십세기를 너무나도
나는 사랑한다

문학사

이 집은
하세월 완공의 기약이 없고
시인은 단 한 장만
그의 벽돌을 얹을 수 있다

혹여 국법으로
문학을 금해라도 준다면……
야릇하게 간혹 꿈꾸며
혼신으로 벽돌을 굽고 구워도
한사코 숯이어라
한사코 사금파리여라
시인은 준열히 자책하며
그 허무를 운다

문학일래 참담하였다고
시인은 생애의 고백을 남긴다
아울러
문학일래 기쁨 있었다고

산문

나의 시는 나의 동거인이다

　원양선을 타고 대양을 돌아본 사람이 육지생활의 관습으로 되돌아온 감회에 견줄 수 있을는지. 나는 이번에 미국 캘리포니아 주의 네스밸리와 그 주변을 보고 와서 나의 삶과 시를 되돌아보매 우선 그간에 무슨 할 말이 그리도 많았었나 싶은 자괴감을 떨칠 수 없다.

　사람의 말이란 대자연의 장엄과 묵시에서 볼 때 너무나도 미세한 포말일 것이었다. 거대한 돌산과 광활한 순백의 소금밭 등이 안겨 주던 충격, 마치도 세례식을 다시 받는 느낌이던 그 장쾌함, 이때 대자연의 영(靈)은 내 마음 안에 이러한 말씀을 주시었다.

　"침묵을 배워라. 그리고 침묵 이상의 값일 때만 말하기를 배워라"라고.

　사람의 말과 글이란 마음에서 나오는 고백이나 진술 혹은 어떤 폭파 현상의 파편일 것이다. 사람은 말하는 일을 즐기며 여럿이 모인 좌석에서도 서로 더 많이 얘기하려 하는 성향을 내보인다. 한데 최소한 시인만이라도 요설에 빠지지 말기를 스스로 엄중히 경계해야 할 듯싶다.

　물론 대자연의 시간은 유장하고 우리 쪽은 그에 비해 수유에 불과하다. 때문에 빨리 말해야 하고 그러다 보면 잘못 말해 버리는 과오를 허다히 낳

기도 하는 피차의 입장 차이가 있을 것이긴 해도 말의 어눌함과 침묵의 값진 중량을 진지하게 가늠해 볼 일은 너무나도 당연하다.

나의 시는 나와 동거인의 관계이다. 둘은 오랫동안 민감한 사이였고, 무수한 시행착오와 갈등의 터널을 지나와서야 겨우 얼마간 화친의 길목으로 접어들었다. 전날엔 긴장과 탄력을 유지했다 한다면 이즈음은 헐렁한 사이로 편하고 자연스럽다. 오십 년 이상의 연륜을 포개면서 갈등과 격돌, 체념과 관용의 곡절들 끝에 겨우 다투지 않게 된 부부나 연인 사이처럼 되었음이 근래의 실정이다.

"미국엘 가서 사막을 보았어."

내가 말을 건네면 그는 대답한다.

"알고 있어. 나도 함께 갔으니까"라고.

이럴 때 나는 따뜻해진다. 귀국해 그간에 미루어 둔 글과 다른 일거리들을 떠올렸으나 민망하게도 며칠간 쉬어 버린다. 쉬면서 여행지에서 만난 사람과 여행을 함께 다닌 이들에 대해 생각해 보았고, 충격과 감동을 그칠 새 없이 안겨 주던 대륙의 산하, 그 절묘한 풍광들을 떠올렸다. 도처에서 영원성의 모상을 그리고 소멸과 탄생의 거대한 드라마를 볼 수 있었으며 대자연에도 아니, 대자연에야말로 수난과 고통의 역사가 누적되어 오고, 현재에도 끓는 용암이 그 자신의 살결을 뒤덮거나 거대한 수림을 일시에 불사르는 일이 생겨남을 알게도 되었다.

이러한 천지 조화나 대자연의 변모에 비해 시인이 작업으로 나타낸 결과물은 그 불가해한 신비의 질량과는 너무나도 판이한 외형의, 그것도 극히 일부가 아니던가. 장엄이나 심오함의 심연은 사람이 이와 맞서지조차 못하는 듯하다. 또한 내가 만난 사람들도 다양한 감회를 일으켜 주었다. 그들은 저마다 격류를 타고 살아왔다 하겠고 더 오래 산 나는 오히려 온실 안에 안주한 데 불과했다고 여겨졌다.

나의 근작 중에 아래와 같은 구절이 있다.

"아직도 정온은 완성되지 못하였다/고작 어설픈 말재주와 그 말재주의 형벌이/얼음주사위로 달그락거리는/시린 가슴 외에/더 무엇이 내게 있는가"(〈근황〉)

문학은 종이 위에 먹을 적시는 서술이기 전에 분명한 획을 그으며 지나가는 삶 자체일 것이다. 물론 현장성이 곧 문학인 건 아니다. 그러나 문인들이 흔히 빠져들기 쉬운 관념 과잉과 체험 공백 등은 심각한 허점이 아닐 수 없다. 나 역시 진정한 의미에서의 준령과 절벽을 모르며, 살아 있는 진실의 중심을 꿰뚫는 일에선 그 먼 거리에 있었을 것이다.

"내 문학의 첫 시절, 나는 한 사람의 독자를 염두에 두고 글을 썼다. 나의 시는 작게 접혀져 그의 속 주머니에 소중하게 간직될 수 있다면 그것으로 족하였다"고 술회한 적이 있다. 어느 특별한 한 사람의 독자는 사실상 모든 사람이라는 총체적인 무게와 동의어일 수가 있다. 그만큼 "하나"란 근본적인 의미이다. 그러나 이 여건은 전쟁으로 맥없이 무너져 갔다. 1948년부터 연합신문과 서울대 신문 등에 약간 편의 작품을 발표해 오다가 1953년 정월에 《목숨》이란 시집을 간행했고, 이때부터 시를 쓰는 사람으로서의 책임성을 분배받기에 이르렀으며, "더디게 자라는 희망/손 끝에서 한참 먼 위안마저도/노래 있기에/과분한 분배로 받드노니//암암히 깊은 샘물/일렁이는 물무늬로/주야사철 허리 아픈/나의 노래여"(〈노래〉)라는 심정이 일상화되어 갔다.

작품엔 생명이 있고 미완성 원고라도 일단 말해 버린 진실의 조각들은 이제 죽을 수가 없다. 하나의 낱말은 강력한 자력(磁力)을 지님으로 주변의 쇠붙이를 당겨 모으면서 그 자장(磁場)을 확대할밖에 없다. 이런 원리에서 시인은 시를 조립해 나가며 작품 안에 고통과 책임이라는 기둥을 세워 간다.

나의 시는 대학시절에 시작해 6·25전란 땐 벌겋게 발열하는 고통스런 홍역 상태를 나타냈다가 서서히 부분적인 평온을 되찾아 갔다.

"반만 년 유구한 세월에/가슴 틀어박고/매아미처럼 목태우다 태우다 끝내 헛되이 숨져 간/이 모두 하늘이 낸 선천의 벌족이더라도 //돌멩이처럼 어느 산야에고 굴러/그래도 죽지만 않는/그러한 목숨이 갖고 싶었습니다"(〈목숨〉)

"산 같은 고집과 어리광 모두 어이하고 이제는 바윗돌처럼 잠이 든 당신의 무덤 그 위에 낙엽이 지고 낙엽이 쌓이는데/삼단 같은 머리 검고 숱한 나만이 아직도 궂은 벌처럼 젊었습니다"(〈낙엽〉)

"황제의 항서와도 같은/무거운 비애가/맑게 가라앉은 하얀 모래펄 같은/마음씨의 벗은 없을까"(〈정념의 기(旗)〉)

"너 가지 마라/노래 지어 불러 줄게/너 가지 마라/자식 낳아 길러 줄게/손톱 손톱 다 닳도록/너만 보고 살고지니//너 가지 마라/이 세상도 나랑 살고/훗세상도 나랑 살자"(〈여인애가〉)

심정은 무한하고 말의 실타래는 그런 대로 이어졌다. 내면에서 들끓어 밖으로 분출하는 소용돌이를 걷잡을 수 없었기에 서투른 화법, 함량 부족의 기법으로 구워 낸 시의 벽돌을 위태롭게나마 한 장씩 쌓아 올렸다.

고등학교 교사와 대학 강사의 한 시절을 보낸 후 1955년부터는 숙명여대에 봉직하게 되고 같은 해에 혼인도 하였다. 다음 해부터 아이들이 태어나 집안이 부산해졌고, 삶이라는 교육이 본격적으로 나에게 부과된 듯했다. 글쓰기와 교직과 가정의 운용이라는 세 가지 임무를 힘겹게 짐지고 살아가는 일상에서 가장 얻지 못할 양분은 심정의 윤활유 같은 것이었다. 때때로 과로와 허탈감이 엄습해 와서 나의 삶이 순식간에도 와해될 듯이 위태로워지곤 했다. 이를테면 가해자는 없이 피해자만 있는 상황이었다.

어느 누구도 별스럽게 나를 괴롭히진 않는데 스스로 못 견디게 참담하고 비애스러웠다. 나쁜 유전병처럼 불치의 자아 상해가 한몫으로 가담하는 가운데 나의 삶과 글쓰기는 그럭저럭 이어졌다. 1960년대엔 매해 한 권씩 수필집을 냈으니 앞서 말한 세 가지 일거리 외에 일만 매의 산문을 썼으며 그 몇 배의 파지를 낸 셈이다. 그 당시 내 수필의 독자는 주로 중년 가정 주부들이었다. 말하자면 그들은 내 비극적 자의식의 동지들이었고, 나와 동일한 병의 환자들이기에 나의 부상이 내어지르는 독백과 신음을 짜증 내지 않고 들어 준 관용의 친구들이었다.

시인의 위기 중엔 감성의 고갈이 손꼽히게 되는 바, 부단한 감성 배양이 자구책의 한 처방임을 알아야 한다. 자력 충전, 모든 촉매로부터 꿀과 불씨를 채집해야 한다. 이를 알고는 있으면서 날마다의 애환이 아프고 절박했으며, 처방의 손길은 너무 늦게 닿곤 했다.

이런 가운데 삶의 교과서는 한 페이지씩 책장이 넘겨져 갔고 차차로 객관화된 시선을 갖게 됨으로써 글쓰는 사람으로서의 어떤 전문성이 자라게 되었다. 고통류도 어느 정도 길들여져 유순해지는 듯했다. 한데 이런 일의 유익성 여부는 잘 모르겠다. 왜냐하면 처방이 없고 타성이 생기지 않는 고통이야말로 순밀과도 같은 문학의 참질료일 것이기 때문이다.

어쨌거나 다음 전기가 오고 있었고, 여러 면에서 견딜 만하게 되었으니 내가 가장 좋은 이름으로 부르는 풍요의 사십대가 그것이다. 내면성의 확대, 뭔가 넉넉한 안도, 감미롭게 포용하며 다가오는 다양한 감동, 햇빛이 비치는 인간성의 광장에 비로소 나도 나오게 된 행복감 등이었다. 내 나름의 좋은 시도 이 시절에 씌어졌다. 신뢰와 관용으로 바라보는 시선, 달빛이 잠을 깨우듯 내 영혼을 흔들어 깨우는 무엇인가가 있었다. 무량한 심정이요, 두터운 책의 겹친 책장과도 같이 펼수록 여러 좋은 부분이 드러났다.

생각해 보면 전쟁과 빈곤, 충격과 비탄 등에 젊음은 송두리째 파묻혀 버렸고 중년기에야 수증기처럼 서려 오르는 감응으로 긍정적인 가치관과 경건한 신뢰 등을 만나게 되었음은 고마운 일이었다. 사십대에 이은 오십대도 좋은 시절이었다. 할 일이 폭주하고 몸은 자주 지쳤으나 안정되고 넉넉해지면서 생명감의 녹지대를 품게 된 게 분명했다. 시집으로 《겨울 바다》, 《설일》, 《사랑초서》, 《동행》, 《빛과 고요》를 잇따라 출간했으며, 102편의 짧은 시묶음인 《사랑초서》와 시집 《동행》의 말미에 들어간 〈촛불〉 25편은

이 시절의 수확이라 꼽을 만 하다.

"주신 것/잎새/꽃/때 이르러 열매이더니/오늘은 땡볕에 달궈 낸/금빛 씨앗"(〈선물〉)

"이적진 몰랐던 이리도 피가 달아진 일,/ 아아 바람에 바람에/ 이 살을 다 풀어 주어야/ 내가 살겠네"(〈범부의 노래〉)

"가능의 여명을 불의 불무더기로/처염히 불사른 정신사를/인류는 가지고 있고/충실을 익히는 일 그쯤에 쓰기론/누구도 그 시간이/적었다고야 못하려니"(〈머리를 빗으며〉)

"하늘에 올림을/너와 함께/하늘이 베푸심을 또한/너와 함께/이가 내 기도임을"(〈촛불〉)

이와 같은 가락이 완만하게 흘러나왔다. 사랑시적인 정서와 신앙시의 율조도 실해졌다. 그간 나의 시를 논평하면서 사랑시에서 기도시로의 변모 과정이 보인다고 말하는 이가 있으나 나 자신의 생각으론 오로지 삶의 천착에 일관하여 왔으며, 위의 두 가지는 원리상 분리될 수가 없다. 즉 기도가 없는 사랑이나 사랑이 없는 기도는 있을 수가 없기 때문이다.

오십대 후반 무렵 남편이 세상을 떠났다. 이별 그 자체는 삶 안의 통례라 할 것이나 삶과 죽음이라는 두 성질의 큰 게시판이 천둥 울리며 나의 시야에 나붙는 건 정녕 예삿일이 아니었다.

"오뉴월 산역(山役)에/생피 한 동이 쏟고 난 후/그 한(恨)이 풀렸는가/어디에도 가지 않는/임 하나 챙겼는가"(〈이인칭〉)

"이제부턴/후회와 둘이 살면서/스스로 판결한 벌을 섬길지니/즉 두 번 다시/이 세상에/손 내밀지 마라"(〈나에게〉)

위와 같은 구절들을 써 내려가게 되었고, 처음으로 절벽과 추락의 실감을 알게 되었다.

"슬퍼 말아라/슬픔은 소리내고 싶은 것/조용하여라/달빛 자욱한 듯이/온 집안 가득히/그가 쉬고 있다"(〈안식〉)는 수긍으로 화평을 회복하고자

했으며 처음으로 어떤 심연에 내려앉는 체험도 하였다. 비탄이기보다 인내에 가깝고 단순한 절망이 아닌, 어긋났던 이치를 바로잡는, 균형의 회복 같은 추운 안정감이 기죽은 비애와 함께 내 손을 잡아 주면 비로소 사람의 삶의 전모를 알게도 되었다.

노년기는 나쁘지 않았다

날이 선 감수성의 촉수들이 둔화 쪽으로 바뀌지면서 온화한 날씨가 되어 갔다. 못 견딜 그리움이나 다급한 위기감도 없어 좋고 한밤에 수십 번을 돌아눕는 불면증에도 시달리지 않게 되었다. 그러면서 세상의 아름다움들은 더 한층 청명하고 보배롭게 보이고 사람들도 더욱 사랑스럽게 여겨졌다. 왜냐하면 그 누구라도 측은한 측면이 드러나 보이기 때문이다. 저들 마음 안의 헐벗고 배고픈 부분들이 나의 그것들과 교감을 맺게 되어 아픈 공감이 이루어지는 그것.

"그가 있기에/내 영혼을 스스로 귀중히 여김,/이런 일이/그에게도 일어나기를"(《근일단상》)

"세상에서 가장 강한 건/고통입니다/고통의 반복 앞에 서는/율연한 공포입니다/그래도 사랑하는, 사랑입니다"(《막달라 마리아·4》)

"눈 편안, 마음 편안/세상사 큰 일 따로 없이/개미 같은 거/이슬 같은 거/황홀히 어여쁘노니"(《오늘 와보는 세상》)

위와 같이 온유한 조명과 중화색의 수채화 같은 전경을 알게 되고 그러다가 나의 동거인, 나의 시라는 관념이 내 안에 영글었음을 깨달았다. 이번엔 미국의 사막 지역을 보았는데, 이 여행에서도 사람의 인기척처럼 나의 동거인과 함께 유익한 양분이라 할 감동을 안고 돌아왔다.

멀리 솟은 설백의 능선, 그 아래 끝이 안 보이는 백색의 평야, 그 소금밭. 그야말로 대지의 살결에서 내밴 순수의 소금이며 거룩한 짠맛의 무량한 저장창고였다. 눈 감아라, 그리하여 영혼과 마음으로 묵상하라. 구약 시절부터의 소금의 본질. 그것을 묵상하라고 누군가 분명 말하였다.

〈나의 시에게·3〉이라는 작품에 이런 구절이 있다.

"너를 수술대 위에 뉘이고/해부도를 들이대는 짓거리를/더는 하지 않으리/맨손에도 진맥이 잘 잡히는/네 수척한 오장육부//오랜 불화 동안/둘 사이에 둔/은장도 한 자루도 거두리라/상처에 소금 부비던/잔혹함 삼가리라//무엇이나 잊어버리는/건망증의 노년기,/잘 마른 바람 속에/나란히 앉아/아슴한 지평이나 바라보자/지평선 그가 곧/새로이 기억할 친구이며/여생의 스승일지…… //해으스름에야/처음으로 편안해지는/나의 시여"

문학사상사 간행의 본 시선집엔 나의 시 총분량에서 어떤 기준으로 뽑을 것인가를 두고 고심했다. 연대순으로 각 시집에서 몇 편씩 선하는 것으로 방향을 잡았고 내 작품들을 다시 읽어 보는 기회도 되면서 스스로 내 시의 여러 허점과 함께 작품을 쓸 때의 감정이 선명하게 떠올라 야릇한 고통으로 치받기도 했다. 통틀어 나의 시에서 너무나도 여실히 나 자신을, 즉 자기 동일성을 다시금 절감했다.

창작이란 언제나 새로운 출발이어야 하며 그렇지 못하다면 시와 시인의 큰 과오가 될 것이다. 왜냐하면 더 찾아내는 일, 그 중요 부분을 포기하게 되기에 말이다. 미래의 시는 무한한 가능성이며 찾아내는 이로 하여금 빛나는 탄생이 될 것이기에 시인은 끝없이 새로운 진실에 육박해야 한다. 밝은 눈에만 보이게 될, 청결한 출생들…… 이를 찾으면서 분발하는 이들 중에 부디 나도 있으려 하느니.

삶과 사랑의 시를

삶의 어려움을 흔히 말한다. 삶, 그것을 단죄라도 하려는 듯이 분노하고 한탄하기도 한다. 그러나 곤궁의 진정한 음미, 절벽에서 떨어지는 듯한 아찔한 현기증은 전 존재로 투신해 본 그 사람이 아니고선 알지 못하리라.

삶의 일상은 반쯤 잠이 덜 깬 상태일 때가 많다. 그러나 온전히 깨어나는 시기와 대상을 가질 수 있다. 이때야말로 복병처럼 기다리고 있던, 공막한 미흡감이 전 의식을 감아 쥔다고 하겠다.

사람은 욕망의 날개를 기른다. 등산가는 미지의 산정에 겨냥을 하고 운동선수는 열정을 가지고 호적수를 고르듯이, 사람은 저마다 하고 싶은 일, 할 수 있는 일의 질량의 정한 다음 달려간다. 결단의 두려움과 투신의 고독을, 더하여 이어 따라오는 유혈의 부상을 아는 이만은 안다. 하지만 사람들은 각자의 능력과 가치관에 따라 그 나름의 값어치를 구하게 마련이어서, 가령 안중근 의사의 대의는 너무나 거인적인 추구이므로 범인(凡人)으로선 따라가기에 어림없다.

내게 있어서의 지표란 그것이 곧 문학인가?

이에 나는 대답한다. 적어도 그렇진 않다고.

시가 가람의 감개를 농밀하게 응고시킨 영롱한 결정 작용이긴 해도 어디까지나 삶의 발걸음이 지나간 다음의 낙수일 뿐이며 삶 자체를 넘어서거나 삶의 가치를 상회하는 것일 수는 없다. 하면 내 시는 내 삶의 발자국을 따라가는 그것이겠고 따라서 내 시의 잘못된 점들은 내 삶에겐 그 연유와 책임이 있다고 말하게 된다.

그 밖에도 문학에 대해서 말할 수 있는 또 한 가지가 있다.

어떤 이는 죽을 때까지 글을 쓰겠다지만 나는 그 반대로 내 절필 시기를 마음속에 책정해 보는 일이 자주 있다. 내 시간이 얼마나 남아 있는지 알 수 없겠으나 내 생애의 마지막 몇 해 동안은 시와도 손을 가르고 살고 싶다. 내가 못 읽고 지내온 더 좋은 책들과 자연과 빛나는 인간 사적(事蹟)을 되도록 풍성히 만나 예찬하고 싶은 뜻을 숨길 까닭은 없다. 내 영혼이 평정되고 투명해지기 바라면서 더해 나의 신을 만나 뵙는다면 진실로 좋겠다.

참관이나 배례나 혹은 귀의, 그 밖의 어떤 어휘로 표현된다고 해도 상관없다. 내 생명의 여력을 남겨 지니면서 내 생명 이상인 것의 빛으로 목욕하고 풍요해지는 일, 나의 부와 행복은 바로 이것이라고 믿겨지기만 한다. 그렇다면 전후의 이러한 사리를 배경으로 하고 있는 나의 시란 결국 무엇인가? 이는 바로 유혈도 낭자한 나의 투신처이다.

사랑과 시, 그렇다. 세상에 태어나서 가장 심각하고 가장 지엄한 명령으로 나를 바치고 내가 사역당한 그 대상이란 사랑과 시라고 요약하기에 과히 무리가 없다.

시건 산문이건 내 글의 전부는 언제나 한낱의 절망이 그 길잡이를 해왔다고 말할 수 있다. 착상을 마련해 둔 경우라도 한 묶음의 새 원고지는 내게 끔찍한 공포곤 했다. '나는 못 쓰겠어', '나는 못 쓰겠다'는 정직하고 피 묻은 발성. 슬픔 이상이며 비명 이상인 심정이 차갑게, 아니 불타는 듯이 뜨겁고 숨가쁘게, 가슴의 밑바닥에 엉겨 붙는다. 밤에 쓴 글은 잠 깨면 퇴락해 있고 아침에 만진 시구들은 일모에 와서 말도 못할 후회를 자아내곤 했다. 그 쓰거움을, 허탈과 무력감을 뭐라고 나타낼 도리가 없다.

사랑도 그랬었나?

나는 대답한다. 사랑이야말로 몇 갑절 더 어려웠다고, 왜냐하면 사랑은 문학 위에 군림하며 문학의 두령쯤도 족히 되기 때문이다. 하지만 사랑이 힘든다고 한 이 말뜻은 사랑의 성취 여부나 그런 성질을 기준 삼는 건 아니다. 그런 것도 포함하고 있으면서 사랑의 염원 내지는 그 구원을 두고서 지적이 될 것 같다.

언젠가 시인 P씨와 얘기를 나누며 둘이서 깊이 공감했던 바이기도 하지만 한 작가의 문학 업적이 제아무리 빛나는 경우라 할지라도 한 사람의 영혼을 얻는 일에야 어찌 비할 수 있으리. 사람의 공적이란 그 속에서 흥분과 상찬을 제거하고 보면 얼마나 외로운 것이랴. 비록 제국을 건립했다 하더라도 사람 하나의 영혼을 허락받지 못한다면 외형의 호화를 다 갖춘 장례 이상의 것이 아닐 듯싶다.

시도 그렇다. 시초엔 작은 재능을 믿고 출범하지만 미구에 큰 바다 한가운데서 좌초하려는 위험을 깨닫는다. 혼이 없는 재능의 형벌을 알아차린다. 정혼(精魂)이 깃들지 않고서는 아무것도 아니라는 것을 독자에 앞서 시인의 양심이 먼저 알아 버린다.

'문학은 일종의 참회'라고 누군가 말했다. 끊임없이 죄를 짓기 때문에 연달아 참횟거리가 생기는 삶을 문학은 비운의 시녀처럼 따라가는 것일까. 하여 거기엔 시인 자신의 온갖 어리석음이 모든 설익은 간망과 함께 여름 햇살에 그을리는 식물들처럼 이미 몹시도 지쳐 있다고 할는지. 문학이 참회의 백서란 말은 바로, 작가 자신의 적나라한 초상이라는 그 뜻이 되리라.

삶은 사람의 관계로써 주축을 이룬다. 이것 때문에 더욱 지혜에 대한 갈증에 시달린다. 아이들의 일, 학생들의 일도 도저히 보통일 수는 없다. 너무나 성급히 달려오는 미래 때문에 어떤 식단을 마련해 저들을 먹일 수 있겠는지 좀처럼 분간도 못하겠다.

나날이 바쁘고 터무니도 없이 시간은 모자란다. 밤중 늦은 시간에야 겨우 나 자신과 만나는 기분이다. 늦도록 글을 주무르는 날은 정녕 내 몰골이 말이 아니다. 거울 속에서 보는 이 여자는 무엇 때문에 이리도 소모되었는지 묻고 싶다.

겨우내 내 심정의 보건은 얼마 든든하질 못했었다. 감정을 치료하는 처방을 타력에서 얻어 오기란 쉬운 일이 아니며 감정은 더러 아픈 대로 방치함이 좋은 줄로 알고도 있다. 왜냐하면 사람에겐 어느 의미로나 자아 준엄이 없지 못하며, 더러는 굶주리게도 피 흘리게도 함으로써 자아의 도덕률, 자아의 겸허가 자랄 수 있기 때문이다.

내 감정은 나에게 과중한 부담이면서도 동시에 내 삶의 숙명적인 근력이 되고 있다. 나는 줄곧 회임을 원한다. 품고 싶고 키우고 싶다. 이런 일이 스스로 난감한 곤혹이 될 때도 있으나 이지(理智)가 더딘 나는 정감이라는 또 하나의 우물 안에 의욕과 의지의 원동력을 저장한다. 끊임없이 솟아나는 따습고 유감한 심정으로 언제까지나 윤택함과 습도를 누릴 수 있었으면 한다.

아무튼 열심히 살아야겠고 모든 것에 마음을 열어 두고 내 시간이 다했을 때 감사함으로써 나의 삶을 끝맺고 싶다.

시인의 백지

　시인은 한 장의 백지를 언제나 의식한다.

　그 하나에 담을 주옥같은 시구를 염하며 쉼 없이 내면의 작업을 이어가지만 그 얻는 바는 심히 허적허적(虛寂)한 것이곤 한다. 어찌 시인뿐이랴, 사람은 자아의 준령을 가파롭게 올라가면서 누구나 이미 지치고들 있다. 아무리 올라가도 그 자신의 산기슭을 더 넘어서지 못하는 자아의 숙명, 그밖의 문제들도 실인즉 자신 안에 원인을 갖고 있다 할 것이다.

　시인은 자주 거부의 고배를 마신다. 시는 깃들여 주지 않고 시의 조갈만 부풀어서 미칠 지경에도 이른다. 쉽사리 잡힐 듯싶으면서도 좀체 붙잡혀 주지 않는 시 그것. 간혹 깃털의 한두 오라기를 손아귀에 넣어 보지만 이쯤으론 어림없는 노릇임을 먼저 시인 자신이 알아 버린다. 그날도 다음 날도 시의 심장은 만져지지 않고 희미한 몸그림자를 본 것쯤으로 창작의 하루 해는 닫혀 버린다.

　'갈수록 어려워지는 시'의 고뇌와 당혹을 시인들은 자주 토로한다.

　출발점에선 백 사람이 함께 달리던 걸, 결승전 언저리에선 한두 사람이 힘겹게 뛰고 있다. 대부분이 시에 패하고 말았다. 그토록 시는 비정하며 다반사처럼 참패의 쓴잔을 따라 먹인다. 시는 결정(結晶)의 작업이다. 처음엔 돌에 불과했으나 천만 년의 암울을 견디어 이윽고 보석이 되는 원리를 묵상할 일이다. 좋은 술을 얻으려면 술항아리조차 흔들거나 옮겨선 안 된다고 한다. 우리의 시도 우리의 가슴 안에서 충분히 엉기게 하고 전발효를 도모해야 한다.

한데 우리는 그와 같이 하였던가?

더하여 시는 시인을 점유(占有)하려 한다. 다시 말하면 시는 시인의 영혼을 통째로 원한다. 전령의 몰입과 그 순열한 연소를 원한다. 시인의 한낱 속령이 되기에 시란 너무나도 핍진하는 진실이기 때문이다.

그런데 시인의 일상은 이 원리에 아득히 미달한다. 세상사 틈틈이 시를 쓴다. 흙먼지 바닥에서 시의 낙수(落穗)를 주우려 한다. 호주머니 맨 밑바닥에 시의 구겨진 초고를 둔다. 용무를 위해선 여행을 하지만 시를 위해선 그런 결단까지 내리지 않는다. 실연(失戀)이나 뼈아픈 손실에 대해서는 우는 일이 허다하면서 막상 시의 불성취를 슬퍼하여 눈물짓는 일은 적다. 그래서 시는 반란을 일으키곤 했음을 겨우 알게 된다.

시를 위해 번민하고, 시를 위해 불면의 밤들과 만나며, 시 그것만을 위해 말벗 없는 여행길에도 올라야 한다. 객창의 몇 날 몇 밤을 시하고만 만나고 시와 대화하면서 그 수척한 몸매, 외로운 눈길 앞에 흡족한 애경을 바쳐 줘야 한다. 연애할 때 한 사람만을 생각하듯이 시도 전적인 열중을 요구한다. 이를 채워 주지 못할 때 시인의 원고지는 황량한 백지인 채 이 날의 삶과 함께 닫혀 버리는 것을.

하긴 능히 그럴 법한 일이다. 자식을 키우는 일만 해도, 전적인 보살핌으로 시종일관 지켜 주지 않으면 애정 결핍의 심각한 부작용들을 부모의 눈앞에 내던져 항거한다. 금강석의 원리를 살펴보자. 하나의 다이아몬드를 쪼개어 둘, 셋으로 나누면 애초의 값어치는 형편없이 감소된다. 시의 원리도 바로 이와 같으리라.

나의 경우, 시에 붙잡힌 한 시절엔 산문을 잊게 되고 산문에 치우쳐 지내면 시를 전혀 못 쓰곤 한다. 물론 비범한 이들은 시, 소설, 에세이, 평론까지도 동일한 격조의 결작으로 발표하고 있으나 범인의 처지로선 도저히 바랄 수가 없다.

피아니스트나 운동선수가 하루도 연습을 거르지 않듯이 시인도 날마다 시로 인해 땀 흘리고 괴로워야 한다. 시의 안일이야말로 시의 모독이며 시는 이때 형벌의 칼날을 세우고 기다린다.

전념(專念)이란 두 글자는 무섭다. 글과 가정과 직장이 저마다 사나운 위력으로 이 '전념'을 나에게 요구했고 나의 역부족으로 이를 감당해 내지 못해 갖가지 반란을 초래하고 말았다. 별수 없이 나는 막무가내의 비참에 심신이 짓눌린다.

시인에겐 시가 종교요, 신앙이어야 하며 힘의 한량까진 이를 충실히 섬겨야 한다. 만약 거스를 땐 용서 없이 내던져지고 시는 바람에 실려 먼 곳으로 사라져 버린다. 몰입과 전념만이 시를 건지는 순금의 어망이요, 시의 계명이며 삶 전반의 준열한 경고임을 언제나 자각해야 한다. 절대이신 신을 섬기듯이 삶 그것도 전력추구로써 받들고 감당해야 한다는, 꾸지람의 한 음성이 나의 귓전을 울려 주고 있다.

작품론 · 작가론

사랑과 희망의 변증법

 김재홍 문학평론가 · 경희대 교수

사랑의 시인, 사랑의 시학

시인 김남조, 그는 해방 후 이 땅 현대시단에 있어서 특이한 의미와 위치를 지닌다. 그가 1952년 한국전쟁 중에 첫 시집 《목숨》을 펴낸 이래 이번 세기말에 열네 번째 시집 《희망학습》을 간행하기까지 추구해 온 생명시학과 사랑의 철학 그리고 평화사상이야말로 해방 후 험난한 역사 속을 살아온 이 땅의 많은 사람들에게 은은한 감동과 희망을 불러일으켜 왔기 때문이다. 그와 그의 시는 그가 '여류'라는 점을 감안하지 않고서도 이 땅의 대가시인의 한 사람으로, 대표적인 시인의 한 사람으로 꼽힐 수 있을 만큼 깊이 있는 시정신과 높은 예술적 형상성을 갖추고 있는 것으로 판단된다.

이에 이번에 간행되는 시집 《희망학습》을 중심으로 김남조 시세계를 간략하게나마 살펴보기로 한다.

첫 번째로 김남조 시가 지속적으로 추구해 온 것을 우리는 사랑의 시학이라고 부를 수 있겠다. 그의 시에 있어 사랑의 문제는 소재이자 제재이고 주제를 구성하는 하나의 존재론적 원리를 이룬다. 실상 그의 시적 출발이 해방기의 혼란과 6 · 25의 참화 속에서 비롯된 것이라는 점을 음미해 본다면 그에 있어 사랑의 탐구가 무슨 의미를 갖는가 하는 것은 자명해진다. 그것은 사랑이 살아 있음을 증거하는 존재증명 그 자체이자 인간답게 살고자 하는 갈망과 염원임을 의미한다.

사랑한 일만 빼고
나머지 모든 일이 내 잘못이라고
진작에 고백했으니
이대로 판결해 다오

그 사랑 나를 떠났으니
사랑에게도 분명 잘못하였음이라고
준열히 판결해 다오

겨우내 돌 위에서
울음 울 것.
세 번째 이와 같이 판결해 다오
눈물 먹고 잿빛 이끼
청청히 자라거든
내 피도 젊어져
새봄에 다시 참회하리라

— 〈참회〉

사리(舍利)를 쌓아
태산을 이룰 때까지
선혈을 탈색하여
증류수의 강으로 넘칠 때까지

304

천지간 오직 변치 않는 건

죽음과 참사랑뿐

— 〈막달라 마리아 · 4〉 중에서

그의 시에서 사랑은 표층적인 면에선 이성간의 사랑을 지시하지만 심층적인 면에서는 절대자에 대한 참회와 기도, 즉 신앙애에 뿌리를 두고 있다. 그의 시에서 사랑은 인간의 문제이지만 동시에 신(神)과 연결되어 있다는 뜻이다. 그러기에 인간적인 애절함과 안타까움을 불러일으키면서도 종교적인 기도와 명상의 깊이를 일깨워 주는 근원적인 힘으로 작용한다.

앞에 인용한 시에서도 사랑은 삶의 근원적 원리이자 영원한 가치로서 의미를 지닌다. "사랑한 일만 빼고/나머지 모든 일이 내 잘못"이라는 고백이나 "그 사랑 나를 떠났으니/사랑에게도 분명 잘못하였음"이라는 뼈아픈 참회의 구절 속에는 사랑이야말로 인류의 근원적 존재원리이자 의미이며, 나아가서 영원한 가치라는 데 대한 확신이 담겨 있다고 하겠다. 또한 시 〈막달라 마리아 · 4〉에서 "천지간 오직 변치 않는 건/죽음과 참사랑뿐"이라는 구절에서 보듯이 참사랑은 죽음을 넘어선 곳에서도 빛나는 가장 소중한 삶의 가치이자 불변의 진실임을 강조하는 뜻이 담겨져 있음이 분명하다. 특히 여기에서 사랑이 '참회'와 '죽음'이라는 종교적 가치 또는 초월적 차원과 맞닿아 있음은 주목을 요한다. 그것은 이미 김남조에게 있어 사랑이 인간사의 차원, 세속사의 차원을 넘어서서 신성사의 경지로 상승 · 고양돼 가고 있음을 의미한다.

그만큼 사랑은 김남조 시에 있어 하나의 대전제이자 구성원리이며 동시에 궁극적인 주제로서 하나의 이념적 가치에 해당한다는 점을 말해 주는 것이 된다. 오랜 사랑의 추구와 그에 따른 오뇌와 인고는 그 자체가 하나의 인간 조건이며 참회와 죽음 체험을 통해 차츰 신성사의 차원으로 깊어져 가게 됐다는 뜻이다. 실상 존재론적인 면에서 삶이란, 사랑이란 속죄와 참회, 용서와 인내의 과정 그 자체가 아니고 무엇이겠는가? 이 점에서 김 남조는 바로 사랑의 시인이며, 그의 시를 사랑의 시학이라고 불러볼 수 있 겠다.

　두 번째로 그의 시는 고독의 시학, 허무의 시학이라고 불러볼 수 있다. 그만큼 그의 시는 고독과 허무를 지속적으로 깊이 있게 천착하고 있기 때 문이다.

　　① 오늘은 고독의 일로 아뢰나이다
　　　저희는 고독의 양떼
　　　고독에 있어서도
　　　주께서 목자시나이까

　　　나직이 이르시되
　　　바로 그러하다 그리고
　　　너희가 고독을 모른다면
　　　어찌 사람이겠으며
　　　내가 고독을 모른다면
　　　어찌 신이겠느냐
　　　너희와 나는 서로 닮았으며
　　　언제나 함께 있다

　　　오오 하느님
　　　고독의 위안 바람 불고
　　　양털 두른 듯 따스하나이다

　　　　　　　　　　　　　　　　　　　　—〈고독문답〉

②내일 아침에, 라고
　마음 깊이 끄덕이며
　하루를 덮는다
　오늘 일군 건
　한낱 거품일 뿐

　내일 아침에, 라고
　습습한 겨울비 소리를 들으며
　잠을 청한다
　오늘은 모래언덕을 헤맨
　허망한 하루

　내일 아침에, 라고
　허구한 날 새 날의 희망을 보관시킨
　거대한 금고에
　오늘은
　조국을 파멸케 한
　한구인의 죄책을
　가득히 채우느니
　내일은 필연
　이 금고를 상속 받으리라

　　　　　　　　　　　　　　　　　　—〈내일 아침〉

　시 ①과 ②에는 삶과 사랑에 있어서 고독과 허무를 노래하고 있어 관심
을 끈다. 실상 삶이 혼자일 수밖에 없으며, 한 번 살다 갈 수밖에 없는 단독
자적 존재 또는 일회적 존재라는 점에서 고독과 허무는 인간의 존재론적

본질에 해당한다. 고독의 또 다른 이름이 바로 사랑이며, 허무의 또 다른 이름이 바로 삶이기 때문이다. 삶 자체가 바로 사랑의 원리에 의해 지속되고 전개되는 것이기에 사랑의 또 다른 이름이 바로 고독이며 허무라고 할 수 있는 까닭이다. 사랑에 있어 고독과 허무는 그 존재론적 원형이자 본질을 이루고 있다는 뜻이다. 그러기에 김남조의 시에서 이러한 고독과 허무는 그의 시가 삶의 존재론적 탐구 또는 사랑의 시학을 추구해 온 이상 필연적으로 지속될 수밖에 없을 것이 자명하다.

그런데 시 ①에서 고독은 이제 시력 50년에 이르러, 오랜 신앙생활 끝에 고통스런 것, 절망스런 것이 아니라 오히려 따스한 것, 사랑스런 것으로 변화돼 있는 것이 특징이다. "너희가 고독을 모른다면/어찌 사람이겠으며/내가 고독을 모른다면/어찌 신이겠느냐"라는 구절처럼 고독은 인간의 한 본질이기에 그것은 운명의 형식이 아닐 수 없다. 따라서 고독을 사랑하는 일, 그것은 바로 운명을 사랑하고 나아가서 하느님을 공격하고 사랑하는 일과 별개가 아닌 것으로 받아들여진다. 그야말로 김남조의 고독은 이제 성(聖) 고독의 경지로 근접해 가고 있다는 뜻이 될 수 있을까? "오오 하느님/고독의 위안 바람 불고/양털 두른 듯 따스하나이다"라는 시의 결구 속에는 이러한 성(聖) 고독의 한 모습이 제시돼 있는 것으로 이해된다.

시 ②도 마찬가지이다. 삶이란 "오늘 일군 건/한낱 거품일 뿐"이라거나 "오늘은 모래언덕을 헤맨/허망한 하루"와 같이 끝없는 허망감 또는 허무감의 연속이라 할 수 있다. 그러면서도 그러한 허무감에 절망하고 고통스러워하는 것이 아니다. 오히려 "내일 아침에,라고/허구한 날 새 날의 희망을 보관시킨/거대한 금고에…… 내일은 필연/이 금고를 상속 받으리라"라는 결구처럼 허무 속에 희망을 간직함으로써 부정에서 긍정으로, 절망에서 희망으로 나아가고자 하는 소망과 염원을 보여 준다. 그만큼 허무와도 친숙해져서 그것 자체가 하나의 자연스런 삶의 현상이며 희망의 한 변형에 해당하는 것으로 이해된다.

이렇게 볼 때 김남조의 시는 이순(耳順)과 고희의 연대를 넘어서면서 고독이나 허무마저도 필연적인 삶의 인과율이며 운명의 형식에 해당하기에 그것을 긍정하고 사랑하는 경지에 도달해 있음을 확인하게 된다. 고통스런 것, 절망스런 것으로서 고독과 허무가 오랜 세월에 달구어지고 신앙과 시의 힘에 벼려짐으로써 마침내 성(聖) 고독의 차원, 신성허무의 경지에도 달하게 된 것이다. 이 점에서 우리는 김남조의 시를 고독의 시학, 허무의 시학이라고 불러볼 수 있음은 물론이다.

　세 번째로 김남조의 시는 섭리의 시학, 은총의 시학으로서의 성격을 지닌다. 김 시인이 생애사의 어느 시점에서 기독교, 엄밀히 말해서 천주교를 신앙으로 갖게 되었는지는 확실하지 않다. 그러나 그의 〈세 갈래로 쓰는 나의 자전 에세이〉(《시와시학》 1997. 가을호, 김남조 집중연구)에 의하면 어렸을 적부터 신앙심이 함께했었던 것으로 보인다. "우리의 '삶'이란 지고하신 그분(신)과 동격인 또 하나의 지고이며 이 둘은 합해져서 한낱의 '존귀'를 이룬다"(위 책, p.56)라는 시인의 고백처럼 "신앙시가 바로 삶의 시이고 삶의 시가 필연 기도의 율조를 지닐" 수밖에 없는 것으로 여겨지기 때문이다. 그만큼 섭리사관과 종말사관 또는 부활사관으로서 기독교적 세계관이 김남조의 시에서 그 뼈대를 형성하고 있다는 뜻이 되겠다.

　① 삼천 년 된 거목들의 숲은/겨우내 끝이 안 보이는 설원(雪原)/나무들은/그 눈벌에 서 있습니다//어느 겨울/그 중의 한 나무가/눈사태로 쓰러질 때/하느님이 품속에 안으셨습니다/나직이 이르시되/아기야 쉬어라 쉬어라……//하느님께선/이 나무가 작은 씨앗이던 때를/기억하시며/거대한 뿌리에서 퍼져 나간/젊은 분신들도 알으십니다//쉬어라 쉬어라고/하느님의 사랑은 이 날/자애로운 안도이셨습니다/가령에 삼천 년을 노래해 온/새가 있다면/쉬어라 쉬어라고 하실 겝니다/이 나무 기나긴 삼천 년을/장하게 맥박쳐 왔으니까요//레드우드 품종의/그 이름 와워나로 불리우는/이 나무는/세상에서 가장 복된 수면이요 안식이며/이후 삼천 년 동안/그는 잠자는 성자일 겝니다//장엄한 숲에서/

이 겨울도/끝이 안 보이는 아득한 설원에서

―〈장엄한 숲〉

② 당신도 환생을 하시는지요/한번은 한국인으로/이 땅에 태어나실는지
요//못사는 부모와 더 못살게 될/그 자식들의 나라에/당신의 장기(長
技)이신/파도 같은 통곡과 참회 또한 사랑을/울울한 숲으로/자라게
해주실는지요//성서학자들도 누구도/이적지 못 밝혀낸/은총의 비의
를/행복한 전염병으로 퍼뜨려 주실는지요//아아 모처럼/형장(刑場)에
도 햇빛 부시듯/통한 중에 감격하는/이 경건한 한국의 봄날에 당신은
오실는지요/와서 꼭 그렇게 살아주실는지요

―〈막달라 마리아 · 7〉

③ 하느님은/힘을 밝히지 않으신다/우리 안에 바람 불으시되/숨어 계시
며/다만 신의 확고한 의지는/늘 함께 계시는 일이다

―〈근일단상〉 중에서

이 세 편의 인용시에는 시인의 기독교적 세계관이 선명히 제시돼 있다.
그 내용을 우리는 섭리사관이자 구속(救贖)사관이며 종말사관, 즉 부활사
관이자 은총의 세계관으로 요약할 수 있다.

먼저 시 ①에는 섭리사관 또는 구속사관이 잘 제시돼 있다. 섭리사관이
란 무엇이던가? 한 마디로 그것은 하느님이 세상의 모든 것을 창조한 의지
로서 세계를 소유 · 지배하면서 인간을 그의 구원의 목적으로 영원한 계획
에 의해 인도하려는 질서의 법칙이자 은혜의 법칙이며 결국 이 법칙이 세
상을 지배한다는 기독교적 세계관을 말한다. 그러기에 인용시에서 삼천
년이나 된 그 큰 와워나 나무는 하느님의 섭리에 의해 나고 자라며 마침내
쓰러져서 다시 하느님의 크신 품에서 안식을 취하는 '잠자는 성자'로서
제시된다. "쉬어라 쉬어라고/하느님의 사랑은 이 날/자애로운 안도이셨

습니다//(…)이 나무는/세상에서 가장 복된 수면이요 안식이며/이후 삼천년 동안/그는 잠자는 성자일 겝니다"와 같이 세상의 모든 이치가 하느님의 섭리에 의해 운행되고 마침내 구원받는다는 섭리사관 또는 구속사관이 펼쳐져 있는 것이다.

시 ②도 마찬가지이다. 여기에서도 종말사관과 부활사관 또는 은총의 기독교적 세계관이 잘 제시돼 있다. 종말사관 또는 부활사관이란 무엇인가? 한 마디로 그것은 언젠가 지상에서 세상의 종말이 있으며 그때에 최후의 심판이 있어 신의 선이 영원히 승리한다는 믿음이다. 그러기에 종말사관은 "나라가 이 땅에 임하게 하옵시고/하늘의 당신 뜻을 땅에 속히 이루소서"처럼 이 종말에 처해 드디어 예수가 재림함으로써 하느님의 왕국이 건설될 것이라는 기독교적 부활사관과 연결된다. 인용시에서는 "파도 같은 통곡과 참회 또한 사랑을/울울한 숲으로 자라게 해주실는지요//(…)은총의 비의를/행복한 전염병으로 퍼뜨려 주실는지요//아아 모처럼/이 형장(刑場)에도 햇빛 부시듯/통한 중에 감격하는/이 경건한 한국의 봄날에 당신은 오실는지요"와 같이 부활사관과 은총의 세계관이 깊이 있게 펼쳐져 있는 것이다.

시 ③에서도 이러한 섭리사관과 부활사관 그리고 은총의 세계관이 잘 제시돼 있다. "하느님은/힘을 밝히지 않으신다/우리 안에 바람 불으시되/숨어 계시며/다만 신의 확고한 의지는/늘 함께 계시는 일이다"에서 보듯이 모든 것에 하느님의 섭리와 은총이라는 기독교적 세계관이 깊이 있게 자리잡고 있다.

김남조의 시는 하나의 신앙시적인 성격을 지니며, 이것이 그의 시세계에 형이상학적 깊이를 불어넣는 힘으로 작용함을 알 수 있다. 그런데 그의 시에서 신앙은 찬양과 은총, 사랑과 감사로만 충만돼 있지 않음을 볼 수 있어 관심을 환기한다. 연작시 〈막달라 마리아〉 시편에서도 볼 수 있듯이 그의 시에는 공포와 절망, 아픔과 배고픔, 죽음과 피비린내, 참회와 통곡이 함께 얼크러져 있는 모습이기도 하다. 그렇다! 여기에서 그의 시가 진정한 신앙시로서의 참 면모가 드러난다. 진정한 신앙시란 신의 위대함을 찬양하고 은총에 감사하는 것이기도 하지만, 신앙의 길에 있어서는 좌절과 고통 또는 절망과 죽음을 형상화하기도 하는 데서 참뜻이 드러나는 것이기 때문이다. 그의 신앙시편들이 신성사를 핵심으로 하지만, 그것이 어디까지나 인간사를 기반으로 하는 것이기에 이 두 가지가 함께 화해하고 교감을 이루는 데서, 참 신앙의 길, 올바른 삶과 시의 길이 열린다는 깨달음을 제시한 데서 그의 시가 가치를 지닌다는 말이다.

넷째로 그의 시에는 생명시학의 특성이 드러나서 관심을 환기한다. 그의 시에는 세상에서 가장 존귀하고 가치 있는 것으로서 생명이 제시됨으로써 하나의 생명사상을 형성하고 있기 때문이다.

　　니네들 지금 뭣하는 짓인가

　　대지의 살결에
　　등뼈를 곧게 눕히고
　　기쁜 초록빛
　　해일로 해일로 일렁이면서
　　수상쩍게 고요하기만

　　예수의 몸을 치던
　　서른아홉 번의 채찍,
　　그 서른아홉 번을 낫으로 잘라도
　　퍼렇게 환생하는
　　대지의 연인,
　　정녕 못 말릴 순정이로구나

　　햇빛 가루 속에

몰래몰래 풀씨 섞어
휘파람 날리면서
초록의 피 질펀히
초록빛 전율 한바탕이로구나

참깨 쏟아지듯
작도칼날에서도
새 씨알 부스스 부스스 떨구이는
너네들, 풀들

—〈풀에게〉

　김남조의 시가 근원적인 면에서 사랑의 시학이기에 생명사상과 연관될
것이라는 점은 자명한 이치이다. 실상 사랑 자체가 생명의 가장 생명다운
실상을 참되게 누리려는 생명의 몸부림이라는 점을 감안해 본다면 사랑과
생명은 하나의 동전에 있어 표리를 이루는 개념임에 분명하다. 생명은 사
랑의 행위로 맺어진 결과이면서 동시에 생명은 사랑으로 비로소 싹트고,
자라며, 개화하고, 결실할 수 있는 것이기 때문이다. 그러기에 사랑의 철
학은 생명사상과 하나의 동심원을 이룰 수밖에 없다.
　인용시에는 이러한 생명에 대한 경이와 찬탄 그리고 생명력에 대한 믿
음과 희망이 잘 표출돼 있다. 여기에서 생명은 "기쁜 초록빛/해일로 해일
로 일렁이면서/수상쩍게 고요하기만"과 "그 서른아홉 번을 낫으로 잘라도
/퍼렇게 환생하는/대지의 연인,/정녕 못 말릴 순정"과 같이 격정과 고요,
죽음과 부활의 양극성 또는 모순성으로 제시된다. 생명이 그만큼 허약하
면서도 끈질기고, 죽음의 존재이면서도 영생의 존재라는 모순성 또는 양
극성을 지니고 있는 존재라는 데 대한 인식과 함께 그에 대한 경이 및 찬
탄을 표출하고 있는 것이다. 아울러 "초록의 피 질펀히/초록빛 전율 한바

탕이로구나"라면서 동시에 "참깨 쏟아지듯/작도칼날에서도/새 씨알 부스스 부스스 떨구이는/니네들, 풀들"과 같이 생명과 생명력의 끈질김이 하나의 전율과 같은 감동이면서 동시에 생명에 대한 신뢰와 희망이 이 세상에서 가장 소중한 것임을 강조하는 뜻을 담고 있는 것이다.

생명사상이란 무엇이던가?

그것을 우리는 살아 있음의 소중함과 아름다움을 소중하게 여기면서 공경하고 살고자 하는 의지로서 생명의 본성을 존중하고 공경하며 찬양함으로써 생명을 더욱 생명답게 살려 나아가고자 하는 생각의 체계라고 말해볼 수는 없을 것인가. 따라서 사랑의 올바른 실천은 바로 생명사상의 시작이자 그 이상적 목표가 된다는 점에서 우리는 김남조의 시를 '사랑의 시학'이자 '생명의 시학'이라고 불러볼 수 있다. 모든 생명은 살고자 하는 본능과 의지를 가장 기본적인 속성이자 근원적인 목표로 한다. 이처럼 살고자 하는 생명본능과 의지를 가장 소중히 여기면서 살아 있음을 찬탄하고 세상의 제일가치로 공경하는 생명사상이 김남조의 새 시집에서 새봄의 풀잎처럼 싱싱하게 살아 움직이고 있는 것이다. 생명과 사랑이라는 시적 화두야말로 김남조의 시가 처음부터 오늘까지 끈질기게 또한 깊이 있게 추구하고 천착해 오고 있는 핵심정신이자 사상이 아닐 수 없다.

다섯 번째로 우리는 김남조의 시가 새로운 희망의 시학을 지향하고 있음으로 본다. 그에게 살아 있다는 것은 곧 끊임없이 영혼의 배고픔을 느끼는 일이며, 그러기에 그것은 무언가 갈망을 간직하는 일이면서 희망을 살려 나아가는 일을 의미한다.

총탄이 몸에 명중했다
살을 꿰뚫는 얼음번개의 얼얼한 상처,
한데 죽지 않았다

머리에 총 맞지 않았으니

314

아직 살아 있고
생각하는 일 가능하리라
가슴에도 총 맞지 않았으니
아직 살아 있고
사랑하는 일 가능하리라

이런 까닭으로
한국인들
다시금 희망의 학습을 시작한다

—〈희망학습〉

이 시에는 시인이 생각하는 희망의 철학이 생생하게 표출돼 있다. 비록 총탄이 몸에 명중했으나 죽지 않았으며, 그러기에 "생각하는 일 가능하고/ 사랑하는 일 가능한" 것이다. 말하자면 살아 있다는 것, 생명을 간직하고 있다는 것은 바로 사랑할 수 있다는 것을 의미하며, 그것은 동시에 희망을 잃지 않았다는 것을 뜻한다. 생명이 바로 사랑이며, 그러기에 사랑 또한 바로 희망이라는 사실을 제시한 것이 된다. 그렇지만 여기서 희망은 그냥 관념적으로 주어진 추상개념이 아니다. 그것은 절망과 고통을 참고 이겨냄으로써, 그로부터 싹튼 갈망이며 자라난 희망이기에 생명력이 있는 것이다. "어둠의 끝에 이르면/빛이 솟아난다 했는데/여기가 어둠이며 끝의 끝이니 /빛이여 솟아나라/빛이여 불어나라"(〈근일단상〉 중에서)라거나 "절망이여 함께 가자/끝까지 절망함을 율법으로 정하고/갈 데까지 간 후에도/이별않 기로 정하고/둘이 정답게 가자"(〈절망에게〉 부분)와 같이 희망은 어둠 속에 서 찾아낸 빛이며 절망을 통과해서 마침내 찾아낸 빛이기에 육화된 것이 아닐 수 없다. 그러므로 희망이 남아 있기에 아직도 삶은 살만한 것이며 사 랑할 가치가 있는 것이 분명하다. 희망이야말로 생명에 의욕을, 사랑에 용 기와 신념을 불어넣어 주는 근원적인 힘으로 작용하기 때문이다.

사랑의 시, 존재론의 시, 종교의 시

이렇게 본다면 김남조의 시는 사랑의 시학, 생명의 시학, 희망의 시학에 그 근원을 두고 있으며, 이것은 다시 고독과 허무의 시학, 참회와 기도의 시학 그리고 섭리와 은총의 시학으로서의 성격을 포괄한다. 그만큼 생명의 본성에 충실하고 사랑의 본질에 다가서려는 열린 노력을 지속적으로 보여 주고 있다는 뜻이 되겠다.

그의 시는 인간적 사랑의 오뇌와 인고의 과정을 구체적으로 제시하고 있다는 점에서 감동과 교훈을 일깨워 준다. 또한 그러한 과정에서 끊임없이 내성과 참회의 눈물을 간직하며 자기 극복의 안간힘을 절대자에 대한 기도와 운명애로 초극하려는 노력을 보여 준다는 점에서 신성사적 숭고미를 보여 주기도 한다. 특히 그의 사랑은 표층적인 면에서 세속사적인 갈망을 드러내면서도 끊임없이 신성사적 지향성을 표출함으로써 표면적인 면에서는 인간적인 사랑의 노래이지만, 내면적인 면에서는 존재론의 시이며, 심층적으로는 종교적인 신앙시로서의 입체성을 지니는 것으로 판단된다.

해방 후의 시인 가운데 그 어떤 시인보다도 지속적으로 사랑의 철학, 생명과 희망의 시학을 완성하려 노력해 온 깊이 있는 사랑의 시인, 명상시인으로서 김남조는 오랫동안 이 땅 문학사에 살아 빛을 더해 갈 것이 확실하다.

기도와 참회, 은빛 아름다운 허무

김강태 · 시인

남조의 방

김남조 시인의 하얀 집 2층. 은은한 분위기가 낮게 감도는 이유는 댁에
모신 성모 마리아상의 후광 때문만은 아니리라. 시인을 가까이 하게 되면
항시 조용조용한 시적 읊조림을 내 안에 담고 싶은 마음이 든다. 잔잔한
음성, 단정한 매무새. 그리고 푸른 듯한 흙빛이 감도는 보드라운 스카프가
시인의 목둘레를 감싸고 있는 모습에서 시인 내음이 풍겨지곤 한다.

시인은 젊은 사유 방식에 여유 있는 모습이 늘상 은은한 빛을 띤다. 스카
프의 결이 이내 부드러운 감촉으로 다가오는 듯하다. 시간이 묻은 흔적이
없는 듯한 얼굴, 어쩌면 숱한 연륜이 저처럼 가만히 드리워질 수 있을까.
그렇다면 그녀의 나이테는 어디에 있단 말인가. 그녀의 시가 영혼의 세계
를 틈입하려는 바람 때문일까. 기도와 참회의 시인 김남조를 생각하면 문
득 괴테를 떠올리게 된다.

그가 말했지, "우리의 모습과 사람됨은 무엇을 사랑하느냐에 따라 달라
진다"고. 또한 "사람은 그가 신을 믿고 있는 한, 그의 형상을 간직할 수 있
다"는 도스토예프스키에게도 나는 무한히 공감하고 있다. 말하자면 두 사

람의 사고(思考)의 핵심 사이에 시인 김남조가 존재하는 것이리라.

언젠가 들른 시인의 집 2층 오후. 노오란 귤이 노르스름한 빛으로 머무는 탁자가 곱기만 했다. 귤의 달콤한 맛은 그 빛깔에서 오는 걸까. 시인의 집은 진한 향의 커피와 오렌지 주스, 부군인 조각가 고(故) 김세중 씨의 도록(圖錄). 그리고 시집과 수필집 몇 권이 숨을 쉬고 있다……. 봄이 화사한 빛으로 머무는 곳 2층에서부터 스산한 겨울 기운을 더하는 낙엽이 이따금씩 바스락 소릴 멈칫거리며 창문을 두드리는 곳. 그리고 겨울이면 은근한 온기로 데워지는 곳이 하얀 집필실의 정경이다. 여기서 시인의 눈빛이 이따금 허공과 창밖으로, 그녀의 나직한 음성이 방문자의 내면에 켜켜이 머물곤 한다. 울림·이명(耳鳴) 등의 부유(浮遊)…… 2층 그 하얀 집필실은 서재 이름이 있을까. 여기에 사람의 얼굴 김남조가 있다.

얼굴은 자기가 아직 완성된 것이 아님을 알고서, 스스로를 궁극적으로 형상화시키려고 한다. 그래서 모형으로 삼을 얼굴을 앞에 내세운다. 중심 얼굴이다. 모든 사람의 얼굴 앞에서 그것은 보이지 않게 맴돈다. 형상, 표현 그리고 움직임 같은 것은 단지 그 옆에서 완성되었을 뿐이다. 보이는 얼굴이 보이지 않는 중심 얼굴을 따라 살아가는 것이다.

— 막스 삐까르, 〈중심 얼굴〉 중에서

그녀를 보면 윗글처럼 "보이는 얼굴이 보이지 않는 중심 얼굴을 따라"가는 걸 느낄 수 있다. 삐까르의 《침묵의 세계》뿐만 아니라 이 책 역시 '얼굴'을 테마로 그의 풍부한 상상력을 엿보게 한다. 그는 '조화'로운 얼굴 움직임에 대한 관찰력이 매우 뛰어나다. 인간의 본질과 내면 응시에 주력하는 그의 특징은 끊임없이 진지한 인식론적 사고와 문학적 탐구 방식에 있다. 삐까르의 기법은 하나의 관조(觀照)로 다가와 우리들 내부를 명료히 노크, 조용히 머문다. 거기 얼비치는 그림자 속에 시인 김남조의 시와 기도와 삶이 고즈넉이 있다.

318

동행(同行)

이석주의 그림 〈김남조〉 앞에서 망설인다. '김남조 시인의 초상'은 《문학사상》(1996, 10월호) 표지화에 담겨 있다. 그녀의 성글한 머리칼과 기도하는 눈매의 빛과 옹다문 입술의 하모니를 바라본다. 1927년 대구 출생. 첫 시집 《목숨》을 1953년에 상재한 뒤 지금까지 그녀는 시인의 삶 이상도 이하도 아닌 모습으로 우리에게 여전히 젊고 아리따운 인상으로 부각되고 있다.

어린 남조는 불우한 시절을 보낸다. 집안에서 너무도 많은 죽음을 맞이한 것이다. 글을 보면, 이런 이력서 앞에서 적잖이 괴롭다고 토로한다. 이러한 불행이 있었다는 것은 뜻밖이다. 소녀 남조의 여학교 시절은 부모의 일본행으로 큐슈의 후쿠오카에서 비롯한다. 혼돈 끝에 1944년에 서울행, 경성여전(구 이화전문)에 입학하지만 4남매가 장성하기 전에 돌아가신 아버지. 이래저래 소녀 남조 혼자 남았으나 그녀 역시 혈담을 토하던 와병 중이었다. 어머니가 당신 가슴에 아들을 파묻고 맞이한 1 · 4후퇴는 상상키 어려운 아픔의 연속이었다. 남조는 그저 '예쁜 죄 하나, 예쁜 비밀 하나도 못 가진' 여성으로 성장해 나간다.

그녀가 글을 쓸 때는 첫 애독자인 어머니도 깨어 있었다. 그 모습이 안타까워 일부러 불을 끈 적도 많았다. 그녀가 결혼 후(홀어머니를 모시고 있었다), 어머닌 밤중이라도 아기 울음소리가 나면 딸의 잠을 깨지 않게 하려고 무섭게 조바심을 치셨다. ……이러한 어머니의 유언을 어찌 잊을 수 있으랴.

'어머니는 유언을 남기셨다. 한 젊은 신부에게 당부하여 그 신부가 죽는 날까지 날마다 기도 중에 당신의 딸을 위해 몇 가지의 축원을 보태어 줄 약속을 받으셨다. 장례식 얼마 후에 안 일이지만 어머니는 짧게 다듬은 기도 구절을 아예 만들어서 내주셨으며 수중에 있던 돈의 전액을 미사 예물로 바치셨다.' '이토록 끈적거리는 점성의 어머니의 피를 나의 심신에 칠 범벅이로 입혀 칠하고 나는 살아간다.' 예수 고상(苦像) 십자가상(十字架像)을 언제나 손에 잡고 계셨는데 손이 허탈하여 떨어뜨리는 일이 생기므로 위독하던 몇 주간은 붕대로 손과 고상을 묶어 드렸다.'

1967년 6월 20일 정오, 그녀의 어머니는 췌장암으로 운명하고 만다. 어머니 사랑의 엄청난 상실을 한꺼번에 채우기라도 하듯 한쪽에 마음의 불, 혼불이 일어나고……. '전쟁과 이별, 모든 것의 잔혹한 분쇄. 그러나 보다 더한 비극은 감정의 배고픔에 있었다. 나의 〈그〉란 언제나 부재자였다. 그의 마음이 내 마음과 한 가닥 이어져 있었던 것밖에는 그의 머리카락 한 올도 나의 것일 수가 없었다. 그 운명적 공복감에 시달리고 지치다 못해 백 세의 고령자가 되는 듯한 심정'이란 시인의 고백이 보인다.

첫 시집 《목숨》(1953)의 견본을 들었을 때는 정월 혹한의 날씨. 암담 속에서 자살 충동에 온몸을 떨었던 일이 있었다. '영도다리를 지나는데 너무 춥고 바람이 거세어서 걸음을 옮겨 놓을 수조차 없었다. 옷은 얇고 몸도 병약하여 그랬던지 뭔가 종착지같이 절망적이고 암담한 심정이 치받았다. 다리 난간을 붙들고 검은 강물을 굽어보았을 때 순간 '저기 떨어져야지!' 하는 야릇한 충동이 치받았다.' 거역하기 어려운 유인이었다. 순간적 광기였을까. 이런 험난한 과정을 거쳐 힘들게 출간한 이 시집에만 유일하게 자의에 의한 '서문'이 실린다. 이헌구 선생의, 못내 못 잊을 글이었다.

고요의 시인

김남조 시인은 고요의 내성을 지닌 여인이다. 첫 시집 《목숨》을 출간하여 처음으로 출판기념회란 걸 열지만, 이후 오십 년 가까이 그런 행사를 연 적이 없다. 《나아드의 향유(香油)》(1955). 특히 이 시집은 예수의 발에 사뭇 기름 붓고 주의 발을 씻어드린 막달라 마리아를 연상시킨다. 검은 머리와 한없는 참회의 눈물 그리고 내안을 닦고 닦는 그녀의 모습에서 감지

되는 작은 은총 말이다.

선생은 기도의 시인이다. 기도 외에는 불필요한 언어를 삼간다. 많은 인고(忍苦)의 시간을 통해 터득한 시인의 얼굴이다. 혹시 그것이 온전한 완벽주의의 다른 모습은 아닐까. 부드러움 안에 묻힌, 신비의 빙설처럼 큰 푸른 침묵이 여릿여릿 내비치는 시인. 이 안은 그녀의 대표 시 중 하나인 〈겨울 바다〉가 일렁이고 있다. 시인은 이 작품에서 '내적 체험의 겨울 바다'를 구성하고 싶었으며, 철학성을 지나치게 개입시켜 읽는 것은 곤란하다고 말한다. 바다는 우리들에게 동경을 가르친다. 끊이지 않는 물결이 이를 웅변한다. 미지(未知)를 향한, 깊이와 넓이라는 시각적 질감으로 감지되는 무한대의 그리움(김 시인은 '미지'를 '무량함'이라고 풀이한다). 일렁이는 바닷물과 포말을 보면서 정신의 카타르시스를 느끼는 그녀. 바다를 향한 깨끗한 바람(願望)은 생명력이며 생생한 사고(思考)의 부활(復活)을 암시한다.

신싱싱을 수반하는 이 그리움 앞에서 우리는 전율하고 만다. 얼핏, 김남조 그녀에게서 허무의 옆얼굴. 설핏……, 고웁다. 저 굳게 닫힌 붉은 입술에서 새나올지도 모를 허무의 실비단 같은 실체. 문득 한 마리 거미인 당신은 말없이 허무를 캔다. 거미처럼 자꾸 '니힐(nihil)'이라는 이름의 은회색 실을 잣는다. 아름다운 은빛 허무, 이 낱말이 어울리는 시인.

편안한 기다림의 여백도 있다. 작품마다 기묘한 여백·공간에 시적 화자 김남조의 내면이 소롯이 놓인다. 이것은 그녀만의 '물'과 '빛'의 참한 이미지일까. 대부분의 작품은 그녀만의 기도가 CD음처럼 깨끗이 살포시 얹히는 느낌을 주면서 우릴 끄덕이게 한다. 이 느낌은 김 시인의 허무와 아픔의 내연을 거쳐온 연륜에서 비롯할 것이다. 또한 삶의 끝과 맞닿는 절묘한 일치감, 아득한 거리감을 갖게 하는 이 절연(絶緣)의 선상에 김남조의 시가 아슬히 놓인다, 기도가 놓인다. 시 〈하느님의 동화〉에서 그녀는 이렇게 영탄한다. '절망이 (어찌) 이리도 아름다운가.'

최근까지도 시의 위기를 실감하지만 시에 대한 그녀의 시각은 매우 희망적이다. 영혼의 가벼움에 감전되는 듯 은혜가 제 몸으로 파고드는 시 〈성서〉(부분)는 늘 우리들 가슴을 따스하게 하는 작품이다. "이 먼 나라/호텔의 서랍 속에/성서 한 권,/이분을 여기서 만나는구나//가슴에 품어 안으니/두 몸의 치수가 숙연히 잘 맞아/이분과 함께 편안하구나//지금 조용하고 우리 둘뿐이니/어떤 고백도 울음도 서슴지 말라시는/희한하게 감미로운 분이시구나……." 잔잔한 묘사가 마음 중심을 때리고 지난다.

어느덧 시인에게는 사물이 친근한 이웃으로 다가온다. 사물에 '이분' '이 사람'이란 호칭이 붙는 것이다. 그녀는 삶 자체를 '보관품'으로 생각하고 있다. 성서……. '이분'의 생령(生靈) 일부가 이국에서 현존의 표지로, 믿음의 증빙서류로 존재하는구나. 그렇지, 시인은 하느님이 그렇게 엄격하신 분이 아님을 편안히 알린다. 시인의 산문을 보면 "시는 예언이 담겨 있어야 합니다. 밤의 가장 깊은 시각에 제일 먼저 새벽을 예감하는 청명한 감수성의 요구가 따릅니다. 감수성이야말로 시인들만의 기능이며 시인의 존재 가치입니다"라는 구절이 참으로 새롭다. 물론이다, "시는 예언이 담겨 있어야 한다"는 의미를 새로 감득할 필요가 있겠다. 이를 감지키 위해 김 시인은 우리에게 새벽을 부단히 예감할 줄 아는 청명한 감수성을 요구한다. 김 시인은 모든 예술 작품의 불완전성, 그곳에서 삶의 깊이와 가치를 아직도 캐고 있는 것이다.

사랑의 시인

20세기 독일 문학(희곡·시·산문)에 큰 영향을 미치고 표현주의 논쟁의 선두 주자 루카치에게 반론을 제기한 브레히트의 《즐거운 비판》에는 "사랑이란 다른 사람의 소망을 빌려서 무엇인가를 생산하는 기술"이라는 흥미로운 견해가 보인다. "다른 사람의 소망"이란 대상을 향한 한(恨)의 화염인가. 그리고 사랑 에너지 생산? 이때 김 시인의 사랑론을 이 마당으로 끌어올리면 어떨까. 실로 그녀는 사랑만을 오래도록 사랑해 온 시인이다. 신에 대한 경건한 헌신적 사랑이나, 동행자 남편에 대한 깊은 정은 내밀한 기도 속에서 항상 새 생명으로 살아 있다. 사랑은 소망이자 존경심·외경심의 또 다른 표현인 것. 신앙 체험의 시 〈잡풀 같은 나의 참회〉에서 그녀는 "견고하지 못한 나의 양심에 관하여/견고하지 못한 나의 사랑에 관하여/견고하지 못한 고독, 인내, 협동들에 관하여/견고하지 못한 철학, 철학 부재의 내 문학에 관하여/오월의 들녘같이 백화난만한 나의 위선들에 관하여/어줍잖은 자만, 자긍, 과잉 자존심에 관하여" 진실로 참회한 적이 있다. 그녀의 산문이 밝히는 '회개'는 매우 진솔하고, 그래서 많은 가슴을 울리기까지 한다. 그렇다, 믿어야 한다. 시인의 모든 말과 양심을. 화제는 자연히 주님과의 감동적인 만남 쪽으로 옮겨진다.

여학교 과정을 일본에서 보내던, 폐결핵 때문에 휴학한 때를 회상한 글을 보자.

누워서 마주 보는 벽에는 어머니가 걸어준 한 장의 성화(聖畵)가 있었다. (중략) 예수의 눈길이 나를 보아주지 않고 하늘로만 향하신 점이 못내 슬펐었다. 저편 아득한 곳에 던져진 주의 시선은 나에게 불타듯 하는 목마름을 일깨워 주었으며, 피로하여 눈을 감으면 눈 속에 아린 통증이 남아지곤 하던 것이다. 수개월 만에 병을 수습하여 다시 학교에 나가게 되었을 때 나는 한 성물가게에서 정면을 보시는 예수의 그림을 구하게 되었다. 한없이 깊고 깊은 연민의 눈빛. 그분은 진정한 나의 신이요, 그리스도셨다.

이 글에서 우리는 어머니를 통한 절대자와의 해후를 뜨겁게 모색하는 시인을 접한다. 그 누구도 범접치 못하는 사물과의 분명한 만남이다. ……어린 시절, 내게는 푸른 오월이 비치는 경복궁 머얼리, 조각품 사이로 은밀히 바라보던 시인의 작은 웃음이 아직도 내 가슴에 깊게깊게 남아 있다. 우연한 늦봄의 고궁, 거기서 시인이 내게 말했지, "오월의 신록이 참 곱지요?"

참회의 시인

그녀는 사랑에 대해 직설적이고 한때 뜨거운 정염에 사로잡히기도 한다. 온통 사랑의 열병에 휩싸였다가 고요히 맞는 참회의 시간. '청명한 감수성이 시인의 필수 조건이며 존재 가치'라는 김 시인은 '오늘날에도 인간 본성 안에 문자 문화에의 유구한 향수가 남아 있다'면서 흔히들 부르짖는 일부 시문학 위기론을 배격한다. 시는 역시 함축을 생명으로 하면서 밀도(密度)가 있어야 하지 않을까라고. 이 전언(傳言)을 다르게 해석해 보면 살아 있는 시 정신, 에스프리의 진정한 가치 추구를 의미한다고 하겠다. "어머니가 저녁 때 돌아오지 않는 아이를 불러 와서 가슴에 뜨겁게 안는 것이 바로 영혼의 위안이 될 거예요. 그때 아이 가슴도 얼마나 뜨거워질까요." 따스한 희망의 시를 써보자는 뜻이리라. 연애편지가 없고 휴대폰이 상존하는 우울한 시대에 젊은이들에게 무언가 갈피를 접고 기다리는 그윽한 시간이 필요하다는 시인은 "그 갈피란 편지에서 그윽한 안쪽을 더듬는 여유"라고 설명한다.

삶에 대해 진실로 고민하면서도 그 나름의 희망 한 꼭지를 찾으려는 겸허한 노력이 필요하지 않을까. 울지 말라는 건 아니죠. 울고 싶을 땐 울어야지, 그러나 울면서 시를 쓸 수는 없는 일이지요. 한 마디로 삶의 치열성은 시인의 영원한 과제죠.

현재의 문청(文靑)들이 치열한 문학혼을 향한 자의식 부족을 인식했으면 하는 '젊은 노시인'의 바람이 싱그럽다.

시인은 가톨릭 신자이면서도 불교에서 말하는 자비란 말을 좋아한다. 한자어 자비(慈悲)라는 용어에는 어미라는 개념(慈:①사랑 ②어머니)과 연민(悲:슬픔)이 들어가 있다면서, 사랑하는 자식을 생각하는 어미의 진솔한 마음을 대변하는 소중한 낱말에 생각을 모으는 김 시인이다.

프랑스 알랭 들리생 교수. 그는 건축가 김수근의 한국적 여유와 멋이 가미된 공간 조성을 아쉬워하는 사람이다. 모더니즘과 포스트모더니즘 성향의 도시 개념을 넘어서 '저근대성(low modernity)'이라는 새로운 개념을 도입한 학자다. 한국, 파리를 막론하고 눈에 비치는 경치에서 아무런 '감수성'을 발견하지 못함을 굉장히 안타까워하는 그. 도시 경치에서 감수성을 맡아보려는 사람이다. 그는 거주의 중심에 '사람을 위한 곳'이 없단다. 서울도 전통과 현대성의 공존이 느껴지지 않는 곳이라고. 그의 사물 인식이 김 시인과 일체감·동질감으로 비쳐온다. 그렇다. 진정한 아름다움의 정체성은 도심 경치에서 한국적인 것에 있으리라. 문학도 마찬가지. 그녀는 감수성과 이성의 교합에 대해, 진정한 감수성이란 당연히 이성과 함께 공존하는 것이라고 말한다. 기쁨을 아는 이가 슬픔을 알듯이, 감성이 건강한 자는 이성도 건강하다고 밝힌다. 다만 감성은 직관이 있다는 점에서 매력적이고 힘이 있는 것이라고. 감성이 신안(心眼)을 갖자는 뜻일까.

오래전 어느 부모님과의 상담. 한 소녀가 알베르 카뮈의 《시지프스의 신화》를 읽고 자살 미수를 한 일이 있었다. 김 시인은 또 다른 의미에서 양서의 오독으로 인한 피해를 깨달았다. 하느님 안에서 내가 쉬고 내 안에서 하느님을 쉬게 하는 지혜로운 기도가 필요하다며 시인은 각별히 안식(휴식)과 평온, 진솔한 의탁을 가져야 한다고 강조한다. 중요한 건 첫째가 생명성, 두 번째가 생명 존중의 종교심. "생명 자체가 사랑스럽고 귀엽고 애처롭지 않은가요?" 중심 철학이라 해도 지나치지 않을 만큼 김 시인은 감수성에 이어 생명성을 역설한다. 기억에도 아련한 지난 시절, 어린 남조가 일본 여학교에서 폐결핵으로 퇴학을 강요받았을 때 우연히 만난 타고르 시집은 매우 충격적이었다. "선(善)은 문을 두드리나, 사랑은 문이 열려 있음을 안다"는 등의 구절에서 생명의 양분을 받고 감격하여 스스로 세례를 받았다고.

신앙의 시인

'당신의 최고 작품'을 묻는 말에 르네상스 고전 양식을 확보한 화가 라파엘(1480~1520)은 이렇게 답한다. "나의 다음 작품입니다." 어쩌면 미래를 바라보는 그의 명언처럼 김 시인의 작품도 끝이 없을지 모른다. 그녀는 늘 간절한 기도를 지녔으므로. 쉼 없이 간구하며 시(詩)라는 영혼의 샘물을 은밀히 길어내므로. 그녀는 항상 남성성에서 벗어나 잘 보이지 않는 상처의 치유 방식에 대해 생각하고 있다.

"죽은 이를 위한 진혼 미사곡에/산 이의 추위도 불 쬐어 뎁히노니"(〈평안을 위하여〉 부분)란 구절은 김 시인만의 독특한 감수성을 그대로 드러낸 시구라 해도 좋다. 자신은 지금 "삶에 정들고 주님께 정들었어라" 스펙터클이 돋보이는 비디오 감상도 요즘 생긴 취미 중의 하나다.

그녀는 손을 맞잡은 단아함으로 들려주는 목소리가 아름답다. 한쪽의 깊은 보조개. 자잘한 나뭇잎새가 수놓인 부드러운 머플러. 그리고 검은 통치마의 조화, 모두가 차분한 잿빛이다. 그녀는 일부 평자나 중견 시인들 중심이 아닌, 많은 시인들이 좋은 시를 발견해서 아껴주는 풍토가 아쉽다고 말을 잇는다. 수식어가 통제된 시들의 울림이 참 울음이 아니냐고 말하는 김 시인. 그러나 이 은밀한 부분, 문학과 종교에 그저 봉헌하고픈 마음은 차라리 뜨거운 욕망임을 어쩔 수 없는 것을. 실제로 그녀는 신앙의 '그분'을 향한 절실한 사랑에 취했음을 어렵사리 고백한다. 날아라, 속속 깊이 저 눈물의 진저리 위에. ……아, 지나온 사랑이여.

이처럼 김 시인은 문학이 봉헌이 돼야 한다는 믿음을 갖고 있다. 또, 어느 대상이든 사랑 흔적이 묻은 이의 마음이 어찌 소중하지 않겠느냐……. 그러다가 제대로 된 사랑 하나 받지 못한 채 젊어 요절한 작가 김유정의 애틋한 이야기가 새롭게 들린다. 하모니카를 잘 불었다는 유정의 연애편지는 한 자 한 자를 무려 5분 걸려 썼다고. 한 통을 쓰는 데 일주일이 걸렸다는, 실로 믿기 어려운 지독한 순정파의 연인은 녹주라는 소리꾼이었단다. 시인의 진솔한 사랑관을 엿볼 수 있는 대목이다.

끝으로, 작고한 부군 김세중 선생을 떠올리지 않을 수가 없다. 이때마다 마음에 사무치는 일화가 있다. 그가 운명한 뒤, 그녀가 기념관 개관식 날 초대되어 식장으로 걸어갈 때, 불이 하나씩 켜지던 데서 오는 아픔과 형언 못할 절실함이 가슴을 때렸다. "그의 운구가 마지막 마무리로 한창이던 미술관 건립 현장을 돌아 최후의 작별을 고할 때, 도열하는 공사장 일꾼들이 침통한 표정으로 깊이 머리를 숙이고 있던 정경이 떠오른다. 모두들 하나의 제복처럼 오리깃털로 만든 점퍼를 약속이나 한 듯이 입고 있었다. 그것은 생전의 (김세중) 관장이, 일하는 데 춥다고 사비를 털어 나누어 준 선물이었다"는 것이다. 시인은 남편이자 가장인 그가 가고 나서야 그의 부재를 실감하며 비로소 존재의 공백을 깨치게 되었다고 한다. 지금도 그녀는 "왜 그분에게 내가 좀더 넉넉한 마음이 되지 못했을까"를 자책하면서 "그는 시인의 남편으로서 보다 나은 위로와 평안, 기쁨 등을 받지 못한 사람이었다"며 마음 저며하고 있다. 김 시인은 당시 1원짜리까지 받은 1억여 원의 퇴직금으로 기념사업회가 결성되어 매년마다 유망한 청년 조각가들에게 시상해 오고 있다.

김 시인은 현재 잘 알려지지 않은 한 출판사를 고집하여 시집을 출간해 오는 편이다. 증보판 전작집도 거듭 냈다. 속사정이 거의 없는, 아마도 그녀의 따뜻한 사랑의 마음 베풂일 것이다. 슬금, 가슴으로 홀연히 밀물쳐 오는 단단한 내성(耐性). 문득 "사람의 전원은 그 자신의 피땀으로 일구는 것이며 자기 안의 유산을 그 자신이 상속받음과 같다. 말하자면 자력의 충전이다. 때문에 어느 때 불이 꺼지면 또다시 작은 부싯돌을 들고 광야에 나가 불을 일구어야 한다. 여러 천만 번이라도 돌을 맞아야 한다"는 시인의 글귀가 우리들 마음의 잔풀을 거듭 쓰다듬는다.

생각을 접으며

릴케는 말한다. 시인 자신의 내면으로 들어가라, 그리고 시를 쓰는 진정한 내면의 동기(動機)를 모색해 보라. 만일 시를 쓰지 않으면 죽을 수밖에 없는지 철저히 되묻는 시인이 되라. 이 영혼의 울림. 실상 '끊임없는 내면의 응시'란 우리에게 얼마나 아픈 필연의 과정인가. 당신의 맑음 · 고요 · 겸손함과, 유무형(有無形)의 인성화 · 성물화(聖物化) 과정에 관심이 모아지던 중에, 이미 릴케의 마음눈(心眼)과 통하는 것 같다. 이러한 자기 내면 세계의 조용한 응시가 시인의 바른 정신주의요, 궁극적인 지향점일 것이다. 요즘 김 시인은 계속해서 수식어에 의존하지 않는 간결한 시어를 모색하고 있다. 싱그런 잎사귀 내음만 나는……

그녀의 눈망울 뒤로 오롯한 촛불이 타오른다, 영원히 사는 법을 터득한 몸짓이다. 그리고 그녀의 모든 것의 뒤에는 어머니가 존재하고 있다, 그토록 끈적거리는 점성의 어머니의 피를 자신의 심신에 칠 범벅이로 입혀 칠하며 살아가는 것이다. 어머니는 곧 모시고픈 신성성이고 영원성이며 또한 분신으로서의 자신임을 발견하면서 시인은 오늘도 떨리는 마음으로 검정 사인펜을 원고지에 올려놓는다.

[참고문헌]

1) 막스 삐까르, 조두환 역, 《사람의 얼굴》, 책세상, 1994.

2) 이석주 그린 '김남조 시인의 초상' 《문학사상》(1996. 10월호) 표지화.

3) 김남조, 〈나의 이력서〉, 《예술가의 삶》, 혜화당, 1993.

_____, 〈시로 읊은 내 세월〉, 《바람에게 주는 말》, 主友, 1982.

_____, 〈자연과 인간, 그 치유기를 불러오는 노래를〉, 《문학사상》(1996. 10월호).

4) 김화영, 《공간에 관한 노트》, 나남, 1987.

5) 임우기, 《그늘에 대하여》, 도서출판 강, 1996. 自序.

6) 베르톨트 브레히트, 서경하 편역, 《즐거운 비판》, 솔, 1966.

7) 역사 지리학자 들리생의 박사 학위 논문. 건축가 김수근 연구인 〈서울, 김수근 그리고 그룹 공간—민족의 문화적 정체성과 풍경(1960~1990)〉, 《문화일보》 1996. 12. 14.자(토) 참조

8) 기념사업회 편저, 《金世中(김세중)》, 서문당, 1996.

9) 유준상, 《김세중론》(도록 해설에서 인용)

김남조 연보

1927년	9월 26일 경북 대구에서 출생.
1940년	대구에서 초등학교 졸업.
1944년	일본 후쿠오카 시 큐슈여고 졸업.
1947년	서울대학교 문·예과(文·豫科) 수료.
1948년	《연합신문》에 시 〈잔상〉, 《서울대 시보》에 〈성숙〉 등 발표.
1951년	서울대학교 사범대학 국문과 졸업.
	마산 성지여고와 마산고 교사.
1953년	이화여고 교사. 서울대, 성균관대, 숙명여대 등 강사.
	첫 시집 《목숨》(수문관) 출간.
1955년	제2시집 《나아드의 향유》(남광문화사) 출간.
	숙명여대 전임강사, 김세중과 결혼.
1956년	장녀 정아(晶雅) 출생.
1958년	제3시집 《나무와 바람》(정양사) 출간.
	제1회 〈자유문협상〉 수상.
	장남 녕(寧) 출생. 숙명여대 조교수.
1959년	한국여류시인선집 《수정(水晶)과 장미(薔薇)》(정양사) 출간.
1960년	제3시집 《정념의 기》(정양사) 출간.
	차남 석(晳) 출생.
1961년	숙명여대 부교수.
1962년	박목월과 공동문집 《구원의 연가》(상아출판사) 출간.
1963년	제5시집 《풍림의 음악》(정양사) 출간.

제2회 〈오월문예상〉 수상.

삼남 범(範) 출생.

1964년   숙명여대 교수.

첫 수필집 《잠시 그리고 영원히》(신구문화사) 출간.

1966년   수필집 《시간의 은모래》(중앙출판공사) 출간.

1967년   제6시집 《겨울 바다》(상아출판사), 《달과 해 사이》

(상아출판사) 출간.

1968년   수필집 《그래도 못다 한 말》(상아출판사) 출간.

1971년   제7시집 《설일》(문원사), 수필집 《다함없는 빛과 노래》

(서문당) 출간.

1972년   수필집 《여럿이 혼자서》(서문당) 출간.

1974년   제8시집 《사랑초서》(서문당) 출간.

제7회 〈한국시인협회상〉 수상.

1976년   제9시집 《동행》(서문당) 출간.

1977년   수필집 《은총과 고독의 이야기》(갑인출판사) 출간.

1979년   수필집 《기억하라, 아침의 약속을》(여원) 출간.

1981년   카톨릭문인회 회장.

1982년   제10시집 《빛과 고요》(서문당) 출간.

1983년   제11시집 《시로 쓴 김대건 신부》(성바오로출판사).

《김남조시전》(서문당), 수필집 《사랑의 말》(주우) 출간.

1984년   한국시인협회 회장.

2년 간 《소설문학》에 콩트 〈아름다운 사람들〉 연재.

콩트집 《아름다운 사람들》(소설문학사) 출간.

교육개혁심의회 위원.

1985년   일본어역 시집 《바람과 나무》(일본 화신사(花神社)) 출간.

제40회 〈서울시 문화상〉 수상.

잠언집 《생각하는 불꽃》(편저, 어문각) 출간.

1986년   한국여성문학인회 회장. 김세중 교수 별세.

1987년   방송위원회 위원.

1988년   제12시집 《바람세례》(문학세계사) 출간.

〈대한민국 문화예술상〉 수상.

한국방송공사 이사.

1990년   제12차 서울 세계시인대회 '계관시인(桂冠詩人'

예술원 회원.

1991년   서강대학교에서 명예문학박사 학위를 받음.

수필집 《끝나는 고통, 끝이 없는 사랑》(자유문학사) 출간.

1992년   제33회 〈3 · 1문화상〉 수상.

1993년   숙명여대 정년퇴임, 명예교수.

국민훈장 〈모란장〉을 받음.

산문집 《예술가의 삶》(혜화당) 출간.

영역 시집 《Selected Poems of Kim Namjo》를 미국 코넬

대학에서 출간.

1995년   제13시집 《평안을 위하여》(서문당),

일역 시집 《바람세례》(일본 화신사(花神社)) 출간.

1996년   독일어 번역시집 《Windtaufe》(독일 흘레만출판사) 출간.

제41회 〈예술원상〉 수상

1998년   제14시집 《희망학습》(시와시학사) 출간.

시인 구상, 김광림과 함께 《한국삼인시집(韓國三人詩集)》

(일본 토요미술사) 출간.

〈은광문화훈장〉을 받음.

1999년	수필집 《사랑 후에 남은 사랑》(미래지성) 출간.
2000년	방송문화진흥회 이사.
	일본에서 제25회 〈지구(地球)문학상〉 수상.
2002년	《가난한 이름에게》(미래사) 출간.
	《김남조 시 99선》(선) 출간.

　그 외에 시선집 《눈물과 땀의 향유》(열음사), 《김남조시선》(마당문고사), 《새벽보다 먼저》(문학과 비평), 《믿음을 위하여》(자유문학사), 《가난한 이름에게》(미래사), 《겨울 꽃》(신원문화사), 《겨울사랑》(동서문학사), 《말하지 않는 말》(문학사상사), 《외롭거든 나의 사랑이소서》(좋은 날), 《너를 위하여》(오상), 《마음 안의 마음》(혜원출판사) 등이 있으며,

　수필선집으로 《그대 눈부신 설목같이》(삼중당), 《이브의 천형》(범우사), 《만남을 위하여》(갑인출판사), 《그대 사랑 앞에》(문학예술사), 《진주를 만드는 상처들》(서문당), 《바람에게 주는 말》(주우), 《저희는 홀로이옵니다》(문학세계사), 《둘의 마음에 산울림이》(예전사), 《이제와 우리 죽을 때에》(홍성사), 《고독보다 깊은 사랑》(영원문화사), 《어느 먼 이름에게》(예전사), 《그가 네 영혼을 부르거든》(중앙일보사) 등 다수가 있다.

한국대표시인선집 김 남 조

초판 인쇄 —— 2002년 10월 5일
초판 2쇄 —— 2011년 4월 11일

지은이 —— 김 남 조
펴낸이 —— 임 대 현
펴낸곳 —— (주)문학사상
주 소 —— 서울특별시 송파구 오금동 91번지 (138-858)
등 록 —— 1973년 3월 21일 제 1-137호

편집부 —— 3401-8543~4
영업부 —— 3401-8540~2
팩시밀리 —— 3401-8741
홈페이지 —— www. munsa. co. kr
전자우편 —— munsa@munsa. co. kr
지로구좌 —— 3006111

ISBN 978-89-7012-504-6 04810
       978-89-7012-500-8 (세트)